그 순간 최선을 다했던 사람은 나였다

문학공방

낡은 일기를 펼친 이유는, 새로운 다짐을 쓰기 위해서였다.

무엇이 될까 고민하며 걸어왔던 길,
돌아보니 그 길에 상처 입은 내가 있었다

어릴 적부터 늘, 무엇이 되고잔 꿈이 있었습니다.
한때는 방송작가가, 소설가가, 라디오 PD가 되고 싶었던 날들. 해봤자 안 될 거라는 주변의 말과 그래도 부딪혀보겠단 다짐 가운데 바지런히도 달려왔습니다. 그날들엔 불타는 열정만 있었던 것은 아니었습니다. 어떤 날은 주먹을 그러쥔 다짐이, 또 어떤 날은 자책과 후회가 남긴 눈물이 있었습니다. 그 사이에서 스스로 채찍질하고 가둬가며, 반드시 열심히 살라고 다그쳐 왔습니다.
하지만 세상엔 열심히 사는 사람들이 많았습니다. 누군가는 꿈을 이뤘지만, 누군가는 꿈을 이룰 수 없었습니다.
꿈을 놓게 만들어야만 직성이 풀리는 세상 앞에 하나둘 포기해 가던 어느 날, 문득 제 미래에 의문이 들었습니다.

'나는 무엇이 될까?'

시간이 흐를수록, 꿈도 그 무엇도 이뤄나가지 못하는 제게 불안해지기 시작했습니다. 그럴수록 저를 옭아매고 아프게 했습니다. 더 열심히 하지 못한 제 탓이라고 생각했습니다.

결국 채찍질을 견디지 못한 마음이 쓰러져버렸을 때, 저는 다 내던졌습니다. '꿈 따위, 열심히 해봤자 이룰 수 없다. 그래, 그냥 내가 하고 싶은 걸 하자!' 그렇게 글을 쓰기로 했습니다.

비로소 모든 것을 포기하게 되었을 때, 저는 그때야 저를 돌아보았습니다. 무엇이 될까 고민하며 걷던 길, 그 길 위엔 멍들고 상처 입은 제가 있었습니다.

반드시 무엇이 되지 않아도 된다는 걸, 욕심 때문에 나를 망가뜨리고 있었다는 걸 깨달았습니다. 쉴 틈 없이 달려오기만 했던, 나만 뒤떨어졌다고 느끼며 낭떠러지로 몰아세우던 시간. 이제 저는 제 자신을 지키기로 합니다.

이 책은, 꿈을 좇으며 눈물로 써왔던 2년간의 일기입니다.

책 속의 기록들이 여러분의 가슴 한편에 공감으로 맺힐 수 있다면 좋겠습니다.

김희영

차례

1장

뜨거운 열망에
바래지는 순간에도

얼마나 많은 하루가 죽어야
사라지는 내가 또렷해질까

청바지

삶은 색채는 참으로 아이러니하다.
옛날의 나는 붉게 선명하고
지금의 나는 색이 빠진 청바지 같다.

예전의 진심처럼, 과거의 뜨거웠던 열정처럼
다시 짙어질 수 있을까?

내 삶의 색채가 진청의 푸른 빛이라면
어제보다는 오늘, 조금 더 아름답기를.
해지고 묽어져도 예쁜, 나의 삶.

은하수

끝없이 펼쳐진 은하수를 따라 걷는 일이
언제 끝날지 모를 수행이라면,
이 행진 끝에 우리는 어떻게 될까?

만약,
은하수 끝에 걸린 둥근 저 달이
나의 꿈이라면 어떨까?

그럼 이 고통이 끝나는 날 우리는
저 찬란하게 빛나는 꿈을
마침내, 안을 수 있게 될까?

어느 한 철에는 견딜 수 없는 파랑이 몰려온다.
눈부신 파도를 닮아 거칠기도 하고 때론 용감해서
무언갈 해내고 싶은 욕심이 생긴다.

할 수 있다는 뻔한 말을 두르고,
마른 아랫입술을 적시며 긴장한 티를 내겠지만,
사실 그것은 오롯한 두려움이 아니다.

내일에 대한 기대와 해낼 수 있단 자신감이다.

나를 믿고, 파도를 믿고, 바다를 믿자.
나의 바다에서는 오직 믿음과 희망만이 넘실거릴 수 있도록.

뜨거운 열망에 바래지는 순간에도

수면 밑의 새벽

어떤 날은 그랬다.
고민이 깊어 헤어나올 수 없는 새벽이
턱 밑까지 차오른 물처럼
불안하게 만들었던 날

복잡한 생각 따위가 아무것도
해결해주지 못한다는 것을 알면서도
헤엄칠 줄 모르는 나는

깊게, 깊게
가라
앉았다

심해에 잠겨있기로 한다.

이 육중한 압력의 세계는
속세의 소음도
타인의 피곤한 시기와 질투도
한낱 공기 방울처럼 가볍다.

인색한 위로

우리는
빠듯한 인생을 사느라
위로와 칭찬에
인색한 사람이 되었다.

안녕? 당신을 조금 더 알아가고 싶다는 뜻
안녕! 당신을 만나서 무척 반갑다는 뜻
안녕~ 당신과 헤어지는 것이 아쉽다는 뜻

그러나 어떤 안녕에는 마침표가 붙는다.

안녕.

그리고 그 안녕의 온도는
날이 서있어서
너무 쉽게 뜨거운 마음을 베고 날아간다.

위로가 필요했던 밤

날이 선 눈빛들엔 무언의 압박과 강요가 있다.

타인의 모난 마음이라 여겼던 비교와 차별은, 사실 알고 보면 나 자신에게 내리친 채찍 같은 것이었다. 그걸 인정할 수 있었다면 스스로 어둠에 갇히는 일 따윈 없었을 것이다.

시원하게 남 탓도 하지 못하고, 그렇다고 스스로에게 너른 용서를 베풀 줄도 몰랐던 나는 옹졸한 핑계를 댔다.

자존감이 낮기 때문에 그렇다고.

사실은 '못났다'는 자신의 고집을 꺾지 못한, 비뚤어진 신념임을 인정하지 않은 거였다. 그래서 스스로 '못났다'라고 정의 내린 답에 차마 의문을 제기하지도 못했다.

'너 못나지 않았어.'

 그 온기 없이 차갑기만 한 위로에 애써 괜찮은 척 어깨를 감싸안았다. 머리로는 이해할 수 없는 위로를 나 자신에게 하며, 애써 애석한 감정을 추슬렀다. 생각해 보면 그 포옹은 그다지 따뜻하지도 않았다.

 미지근한 위로를 무의미하게 내뱉었던 이유는, 단지 당시 나에게 그 위로가 필요했던 건지도 모른다. 나까지 나 자신을 미워하면, 세상에 날 사랑할 사람이 없을 것 같았다. 나홀로 이 세상을 살아가게 될 거라고 속단하면서, 끊임없이 나를 못난 미워했을 테니까.

 꽉 차 있는 것처럼 보이지만 속은 텅 비어있고
 뜨거운 것처럼 굴지만 냉하기만 한 위로를
 나 자신에게 끊임없이 말한다.

 텅 빈 마음을 채울 무언가를 찾아 헤매면서,
 누일 곳 찾아 차가운 유리창에 마음을 문대면서….
 '오늘은 나아지겠지, 내일은 괜찮아지겠지.'

 이런 위로가
 내 삶에 얼마나 많은 영향을 미칠까 의문도 들었지만,

신기하게도 오히려 텅 비었던 속이 차오르기 시작했다.

안쓰러운 내 인생을 구한 건 말라붙은 백 마디 위로가 아니라, 가여운 내 인생을 공감하기 위해 끊임없이 긍정의 말로 위로한 나 자신이었다.

어리석은 나의 과거를 용서하고,
미숙한 오늘날의 나를 사랑하고,
발전할 내일의 나를 응원하는 마음.

그 마음들이 쌓여, 가여운 나의 인생을 한층 더 낫게 해주었다.
나는 이제야 깨달았다. 소중한 것을 지키는 방법은 멀리 있지 않고, 내 안에 있었다는 걸.

기도

'제게 일어설 힘을 주세요.'

 이토록 간절했던 적이 없었다. 내일은 좀 더 나아지겠지, 모
레는 좀 더 나아지겠지, 그렇게 하루의 끝자락에 선 나를 위
로하면서 지독한 밤을 견뎠다. '힘들면 그만두라'고, '생각
들, 고민들 내팽개쳐버리라'고, 말해주는 사람들의 조언이
가슴에 새겨지지 않았다. 다만 나는 힘이 필요했을 뿐이었
다. 내가 스스로 일어설 힘, 내가 좀 더 앞으로 나아갈 힘. 난
단지 스스로 버틸 힘을 그러쥐고 싶었다.
 내일은 좀 더 낫기를 열렬히 갈망해 왔다. 앞으로 있을 몇
시간 뒤, 그래도 조금 괜찮아지기를. 시꺼먼 밤, 이부자리에
웅크리고 앉아 혼신의 힘을 다해 기도했다. 하느님. 제게 일
어설 힘을 주세요.

그러나 나는 안다. 이 기도의 힘이 그리 길게 가지도 않으며, 다음 날 아침이면 또 똑같은 일상에 찌들어 살 거란 걸.

나에 대한 기대가 작아질수록, 점점 나를 포기해 간다. 내 행복, 내 삶, 내 꿈을 버린다. 새로운 도전은 하지 않는다. 세상 또한 그것이 맞다는 듯, 그때야 잠잠해진다.

도전하는 사람은 비정상적이고, 이상한 사람.
현실에 안주해 사는 사람은 정상적이고, 평범한 사람.

꿈 많던 청년이었던 나는 늘 불안했다. 나에게 주어진 삶의 하루가 허무하게 버려지는 것을 발견할 때마다, 목표를 잃고 실패할까 두려웠다. 평범한 사람이 되고 싶지 않았다.

나는 두려운 마음이 커질수록, 어쩌면 나에겐 무의미할 수 있는 '기도'를 했다.

'포기하지 않게 해주세요.'
'무너지지 않게 해주세요.'
'어떤 시련에도 일어날 힘을 주세요.'

사실 나에게 그동안 '기도'는 '벼락 행운' 같은 것이었다. 너무나 먼 꿈 같은 것, 나에겐 없는 힘이라서 더 간절해지는 것.

하지만 어느 순간부터 나에게 '기도'는, '목표를 잊지 않게 해주는 부표'가 되어주었다.

매일 기도할 때마다 나에게 없던 힘이 조금씩 자라기 시작했다. 불안한 마음에 잠 못 이뤄 기도로 밤을 지새웠던 나는, 해가 떠오른 낮에는 그 누구보다 강인해져 있었다. 다른 이들은 나를 흔들림 없는 올곧은 사람으로 보았지만, 사실 나는 수십번 흔들려 부러지기 일보 직전이었다. 그런 내가 믿을 수 있는 건, 오직 나 자신 믿고 앞을 향해 헤엄치는 것 뿐이었다.

기도는 이룰 수 없는 것을 이뤄주게 하는 것이 아니었다. 앞으로 나아갈 때마다 나에게 쓰러지지 않을 마음의 힘을 길러주는 것이었다.

나는 오늘 밤, 또다시 반성을 토하고 힘을 얻기 위해 기도할 테다. 하지만 그저 벼락 행운을 맞은 강인한 사람이 되게 해 달라고 떼쓰지 않을 것이다. 이제는 나 자신을 움직일 수 있는 힘을 충전할 것이다. 나에게 기도의 힘이란, 그런 것이다.

운칠기삼(運七技三)
의지만으로는 붙잡을 수 없는 게 있다

공부하다 보면, 의지가 흐릿해질 때가 있다. 가령, 한 달 뒤의 시험인데 집중이 되지 않는다든지, 자꾸만 놀고 싶다든지, 하는 이유로 말이다.

쉬고 싶고, 게으르고만 싶고, 아무것도 하기 싫은 때, 그런 때.

나는 이따금, 어릴 적 육상대회를 떠올린다.

～～

어릴 때 운동을 잠깐 한 적이 있었다. 시골의 어느 학교와 마찬가지로 학교 대항전같이 육상대회를 펼치곤 했는데, 학교에 사람 수가 별로 없기도 했고, 종목도 다양했기 때문에 나도 예외없이 출전하게 되었다. 육상대회 종목으로 나는 멀리뛰기, 높이뛰기, 중거리 달리기 선수로 발탁됐다. 딱히 운동신경이 뛰어나서가 아니었다. 그저 키가 커서 멀리뛰기, 높이뛰기 선수가 되었고, 중거리 달리기는 반에서 달리기 2등을 했다는 이유에서였다. 정말 별다른 이유가 없었다.

그 세 종목 중에 체육 선생님이 기대를 걸었던 것은 높이뛰기였다. 나는 가위뛰기가 아닌 배면뛰기 기술을 썼는데, 그게 생각보다 기록이 높았던 모양이다. 선생님은 도 대회까지 노려볼 수 있겠다며 내게 자신감을 심어주셨다. 그래서 사실 달리기나 멀리뛰기는 별로 신경 쓰지 않았다. 무조건 높이뛰기뿐이었다.

그러나 대망의 육상대회 날, 끔찍한 일이 생기고 말았다.

"안돼! 장대 끝에서 뛰어야지! 안돼!"

포인트를 잘못 잡아 매트 밖으로 떨어져 버리고 만 것이다.

그 당시 운동장은 잔디밭이 아닌 모래가 딱딱하게 굳은 땅이었고, 나는 그대로 땅바닥에 떨어져 데굴데굴 몸을 굴렀다. 팔꿈치에 작은 상처가 나고 허리에 부상을 입었다.

분명 연습할 때는 장대를 건드리지 않고 곧잘 넘었다. 그런데 왜 하필, 실전에서. 연습 땐 한 번도 없던 실수였다. 땅바닥에 쓸려 웅크리고 있는 내게 체육 선생님이 다가왔지만 나는 아픈 것보다도, 억울하고 속상했다. 울음이 터질 것만 같았다. 다른 종목 다 제쳐두고, 오직 이 종목만을 연습했던 내게, 이런 가벼운 실수는 용납될 수 없었다. 다시 제대로 뛰고 싶었다. 흙투성이가 된 몸으로, 얼굴은 붉어져선 내 순서에 섰고, 다시 장대를 향해 뛰었다. 그러나 한 번 부상을 입은 탓에 몸이 겁을 먹었는지, 발 구름을 해야 할 때 자꾸만 머뭇거렸다.

말도 안 돼.

눈물이 비죽비죽 터져 나오려 했다. 울음을 참으려고 뜯은 아랫입술이 얼얼했다.

결국 기대를 걸었던 높이뛰기는 실격처리되고 말았다.

그러나 슬퍼할 겨를이 없었다. 나는 연습하지도 않은 두 종목 중 하나를 선택해야만 했다. 멀리뛰기 종목과 중거리 달리기 종목의 경기 시간이 겹쳐버렸기 때문이었다. 그 짧은 순간 많은 생각이 스쳐 갔다. 멀리뛰기를 택할 것이냐, 중거리 달리기를 택할 것이냐. 연습하지 않았던 내겐 두 종목 다 도긴개긴이었다. 한참 고민하던 나는 결국 중거리 달리기 종목으로 걸음을 옮겼다. 높이뛰기에서 굴러버린 뒤로, 발 구르기에 대한 공포가 생겨 버린 탓이었다.

달리기를 해야 할 종목은 총 두 개였다. 400m 달리기와 800m 달리기. 체육 선생님은 메달을 따지 않아도 되니 페이스 조절을 하라고만 말씀하셨다. 연습이라고 해봐야 스톱워치로 재서 네댓 번 뛰어본 것이 전부였다. 그리고 이미 나의 자신감은 땅바닥에 나뒹굴고 있었다.

400m 달리기가 시작됐다. 운동장 두 바퀴 뛰어야 했던 것으로 기억한다. 장거리 달리기는 페이스를 조절하면서 천천히 뛸 수 있다지만, 400m는 그야말로 지옥이었다. 페이스

조절 따윈 없었다. 그냥 두 바퀴를 100m 달리기를 하듯 재빨리 뛰어야만 했다.

함께 출전했던 다른 친구들도, 체육 선생님도, 부모님도 나의 달리기에 큰 기대를 걸지 않으셨다. 나 또한 그랬다. 그러나 마음 한편에 그런 생각이 들었다.

1등 하지 않아도 된다. 죽는다고 생각하고 뛰자.

기대를 걸었던 높이뛰기가 좌절되었으니, 남아 있는 달리기 종목만이라도 최선을 다하자고 생각했다. 그렇지 않으면 나중에 후회할 것만 같았다. 나는 마른침을 삼키며 내 옆에 나란히 선 경쟁자들을 보았다. 스트레칭하며 몸을 푸는 모습에 약간 주눅이 들었다.

이윽고 심판이 총을 들었고, '땅' 소리와 함께 나는 정말이지 숨도 한 번 제대로 쉬지 않고 바짝 뛰기 시작했다. 다른 학교 애들도 모두 그럴 작정이었던지, 괴물 같은 속도로 뛰었다. 반 바퀴에서는 속도 싸움, 그 이후부터는 속도와 체력 싸움이었다. 숨을 참았다. 맘 편히 숨을 쉬면 뒤처질 것만 같았다.

사람들의 환호성 사이로 눈 깜짝할 사이 결승선에 들어왔다. 몸은 힘없이 바닥으로 고꾸라졌다. 목구멍에선 피 맛이 느껴졌다. 가래를 뱉어내고 자리에 주저앉았다. 종아리가 뻣뻣해지는 것이 쥐가 날 것만 같았다. 아무런 생각도 들지 않았다. 사지가 전자레인지에 녹인 젤리처럼 늘어졌다. 정신을 놓고 쓰러질 수 있다면, 그렇게 하고 싶었다.

그새 본부에서는 확성기로 결과를 발표하고 있었다.

그런데 이게 무슨 일인가.

"400m 1등, oo 중학교 김희영"

1등의 주인공은 뜬금없게도 나였다.

아니, 그렇게 죽어라 연습해왔던 높이뛰기는 기록을 넘지도 못했는데. 포기하고 있었던, 그러나 죽기 살기로 뛴 달리기가 1등을 하고야 만 것이다.

기분이 묘했다. '해냈다!' 가 아닌 '어떻게 해냈지?' 였다.

그렇게 400m에서 1등을 했으므로 나는 자연히 도 대회 선수로 출전할 수 있게 됐다.

도 대회에서 내가 뛸 종목은 800m였다. 첫 번째는 어떻게 운이 좋았다고 해도, 그다음이 문제였다. 달리기에 쏟은 시간이 많지 않았기 때문에 메달을 따려면 연습이 필요했다. 하지만 대회까지 시간은 빠듯했고, 결국 나는 제대로 된 연습도 하지 못한 채 도 대회로 향하는 버스에 올랐다.

대회장에 도착했을 때, 휘둥그레진 눈으로 운동장을 바라보았다. 이전과 확연히 다른 거대한 공설 운동장이 보였다. 그곳엔 각 학교에서 온 여러 학생이 몸을 풀고 있었다. 그 모습을 보자 나도 괜히 스트레칭하며 몸을 풀었다. 문득 불안해졌다. '저 애들은 정말 열심히 했을 것이다'라는 생각과 '이제는 정말 죽을 만큼 뛰어도 상을 받지 못하겠구나'하는 체념이 들었다.

본부에서 800m 출전 선수를 호명하는 방송이 울려 퍼지고, 나는 뛰기 전에 다짐을 하나 했다.

'반드시 3등 안에라도 들어보자.'

그렇게 해야 최선을 다해 뛸 수 있을 것 같았다.

심판이 내 옆으로 와서 총을 하늘로 치켜세웠다. 땅! 800m 달리기가 시작됐다. 총소리가 울리자 나란히 줄을 선 선수들이 동시에 몸을 일으켰다.

공설 운동장 2바퀴를 쉬지 않고 전력 질주한다는 것. 쉽지 않았다. 800m였지만, 나는 400m를 뛰었을 때처럼 달려야만 했다. 페이스 조절 따윈 할 수 없었다. 안 그러면 한참 뒤로 뒤처질 것 같았다.

그렇게 나는 또 운이 좋게도, 마지막 한 바퀴를 앞두고 3등 자리에서 뛰고 있었다. 이미 내 앞으로 2명이 더 있었고, 나는 그 뒤에서 조금 멀찍이 뛰고 있었다. 그야말로 기적이었다. 나는 거기서 더 이상의 욕심을 부리지 않기로 했다.

'이대로만 가면 3등이야.'

그때부터 나는 페이스 조절을 시작했다.

숨이 차고, 목이 타들어 갈 것만 같던 그때. 결승선쯤 다가오자 갑자기 응원석에서 비명 같은 함성이 터져 나오기 시작했다. 알고 보니 내 바로 뒤에 4등이 치고 올라오고 있었다. 막판 직선 주로. 3등인 나와 4등인 다른 선수의 피 말리는 달리기가 시작됐다. 주변에서는 소리를 지르고 난리가 났지만 그럴수록 나는 더 빨리 뛰기 위해 다리를 휘저었다. 아니, 몸이 어쩔 줄 몰랐던 것 같다. 정말이지 이를 악물고 뛰었다. 입에서는 낑낑거리는 소리가 새어 나왔다.

나와 3, 4등을 다퉜던 선수와 거의 비슷하게 골인했다.

결승선에 들어서자마자 엎어지듯 바닥에 쓰러졌다. 바로 헛구역질을 해댔다. 숨을 쉬기 위해, 살기 위해 헐떡였다. 진짜 죽을 것만 같았다. 눈앞이 노랬다가, 파랬다가, 하얘졌다. 뒤에서 누군가 등을 두드려줬지만 그게 선생님이었는지 친구였는지 몰랐다. 아무 생각도 들지 않았다. 물도 마시고 싶지 않았다. 너무 숨이 차고 목이 아팠다. 진짜, 이렇게 죽는구나 생각했다.

체육 선생님이 나를 일으켜 주셨다. 다리가 풀려 제대로 걷지도 못해서 부축을 받으며 일어났다. 의자에 앉을 힘도 없어 그냥 바닥에 퍼질러 누웠다. 본부에서 순위를 발표했다.

결과는 4등이었다.

~~~

그때 3등을 하지 못했다고 해서 내가 손해를 본 것은 없었다. 장학금을 받지 못했다고 해서 땅을 치고 후회하거나, 아쉬워하지 않았다. 그만큼 최선을 다했고, 그래서 나는 4등이라도 했던 것이다. 4등은 내가 최상으로 끌어올릴 수 있는 기록이었다.

그날의 달리기처럼, 세상도 그런 것 같다.

나는 그때 3등이라도 하자는 다짐이 있었다. 그러나 3등을 해내지 못했다. 4등이라는 결과를 순순히 인정할 수 있었던 이유는, 피나는 노력 없이 오롯이 운으로 대회장에 왔다고 믿었기 때문이었다. 그날은 분명, 실력이 있지만, 운이 맞지 않아 떨어진 경쟁자도 있었을 것이다. 전날 갑작스러운 부상으로 대회에 출전하지 못한 선수도 있었을 것이다. 몇 개월, 어쩌면 몇 년의 노력과 수고를 통해 실력을 닦은 다른 선수들도 있었을 것이다. 그들이 경기에 참여할 수 없었던 이유, 제대로 뛰지 못했던 이유는 의지가 부족해서도, 목표 의식이 없어서도 아니다.

그렇다. 때로는 의지만으로는 해낼 수 없는 일이 있다.

의지는 그저 첫 스타트일 뿐이지, 그것이 모든 것을 지휘하지는 못한다. 내가 달리기에서 1등은커녕, 3등조차도 할 수 없었던 것은 의지가 부족해서가 아니었다. 나는 의지가 있었기에 4등이라도 할 수 있었던 것이다. 나는 나의 의지가 제대로 된 힘을 발휘할 수 있게 하는 '능력'이 부족했을 뿐이다.

달리기로 친다면 의지란 시작점에 있는 것이고, 노력은 뛰는 것이다. 기회라는 것은 결국 노력과 능력, 모든 것이 갖춰진 자만이 누릴 수 있다. 내가 운 좋게 기회를 얻었으나, 노력과 능력이 부족해 긍정적인 결과를 얻을 수 없었던 것처럼.

꿈을 이루기 위한 과정도, 삶도 마찬가지일 것이다. 기회는 오지만 내가 준비되어 있지 않으면, 그 기회는 내 손으로 잡을 수가 없다.

그날, 대회를 통해 얻었던 것은 4등밖에 하지 못했다는 아쉬움이 아니라, 인생을 좀 더 알차고 체계적으로 살 수 있게 해 준 또 다른 깨달음이었다. 알차게 살 수 있는 삶을 선물받은 것이다.

그래서 나는, 그때의 의지를 살려 오늘을 다시 살아보려 한다. 의지라는 불씨가 꺼져 없어지지 않도록, 꿈을 향해 다시 뛰어보기로 한다.

그날의 달리기를 떠올리면, 몸을 늘어뜨리던 게으름을 다시 일으켜 세울 수 있게 된다.

열정의 상흔

 명절이 주는 의미는 각별하다.

 주말의 편안함과는 다른 특별함. 온 가족이 둘러앉아 밥을 먹고, 도란도란 옛 얘기들을 펼쳐 놓기 때문인지도 모르겠다. 엄마는 오랜만에 해묵은 앨범을 들고 나오셨다. 부모님 젊을 적, 나와 동생들 어릴 적 사진이 담긴 묵직한 앨범. 하나를 펼치고 이야기를 나누는 시간이 길어졌다. 사진마다 말로써 주석이 붙었다. 이때는 이랬고, 저 때는 저랬지. 설명이 길어지고, 그러는 새 웃음도 풍부해졌다. 메마른 하루에 정겨움이 촉촉이 내린 하루였다.

 앨범을 들고 방으로 들어서자, 문득 친구들의 편지를 차곡차곡 모아뒀던 상자가 생각했다. 책꽂이 위에 케케묵은 상자를 들어냈다. 물티슈로 상자 겉면을 훑어내자, 상자를 열고 빼곡히 쌓여있는 편지들을 보자, 새삼 세월이 흐른 것을 느껐다. 얇은 줄로 묶인 편지 꾸러미를 풀었다. 꼬부랑글씨로 써 내려간 초등학교 친구들의 편지와 누군가에게 받았을 법한 종이학, 중학교 때 사용했던 도서대출증과 파란 명찰, 고등학교 때 친구와 시장에 가겠다고 적었던 구겨진 외출증과 쪽지까지. 사실 다 버릴 법도 한데, 소소한 것 모두 상자에 들어 있었다. 잉크가 바랜 영화표, 작은 핸드폰 고리 인형도 있었다. 분명 그때는 소중하게 여겼던 것들이었을 테다.

편지 꾸러미를 헤쳐놓다가, 낡고 두툼한 봉투 하나를 발견했다. 故 문병란 선생님께서 보내신 답장이었다. 아, 맞다. 그때야 언젠가 꿈에 비뚠 마음을 안고 있었던, 어린 시절의 내 모습이 눈앞으로 다가왔다.

~~~

"작가는 배고픈 직업이다."

어릴 적 작가가 되고 싶다고 말했을 때, 아빠는 염려 반 반대 반의 모습을 보이셨다. 내 의지가 확고했음에도 아빠는 '저 어린것이, 어린 마음에 겉멋만 들어 허튼 생각을 한 것이다'고 여기셨던 것 같다. 그래도 하고 싶다, 할 수 있다고 말할 수 있었던 것은 그만큼 자신 있었기 때문이었다.

'가난해도 괜찮아, 멋진 작가가 될 거야!'

꿈을 가진 몇 년 동안, 등단하겠단 열망과 누군가의 삶에 변화를 주는 영향력 있는 작가가 될거란 확신만을 안고 바지런히 뛰었다. 그러나 고등학교에 입학하면서부터, 나의 글을 끊임없이 고치면서, 나의 다짐에도 많은 변화가 생겼다. 작가의 현실을 알게 된 것이다. 인세로 떨어지는 돈이 얼마냐느니, 그래서 몇 권의 책을 팔아야 한다느니, 베스트셀러 작가가 아니면 배곯으며 살아야 한다느니. 오롯이 작품에 몰두하기엔 어려운 현실 세계의 말들. 나는 조금씩 좌절해가기 시작했다. 문학이란 무엇일까, 어떤 글을 써야 할까, 잘 팔리는 글을 써야 할까, 예술적인 글을 써야 할까. 앤디 워홀의 말처럼 똥을 싸도 박수를 쳐줄 만큼 유명해져야 내가 쓰고 싶은 글을 쓸 수 있는 걸까. 작가의 등용문에 대한 의구심도 켜졌다. 신춘문예와 같은 치열한 과정을 통해 등단해야 소설가로서 인정받는 절차가 과연 합당한 것인가를 묻고 있었다. 아직 작가라는 꿈에 닿지도 않았는데, 조금씩 걸음을 뗄수록 실망하고 있었다.

실망이 커질수록, 처음의 순수한 마음처럼 '하고 싶다!' 했던 포부는 점점 '하기 싫다'로 바뀌기 시작했다. 몇 년을 바지런히 달려온 꿈의 질주에 브레이크를 밟은 것이다. 생각에 제동이 걸린 순간, 나는 꺼진 다짐에 다시 시동을 걸고 싶지 않았다. 마치 먹기 싫은 밥숟갈을 억지로 떠먹는 것처럼 꾸역꾸역 글을 쓰기 시작했다. 마음 한편은 이미, 꿈을 이루지 못하리란 두려움과 풀리지 않은 몇몇 의심들로 다짐이 잠식당하고 있는데도 말이다.

꿈을 이루고 즐겁게 사는 사람들이 대단하고 멋지다 말하는 것은, 그들은 현실에 깨어 있으면서도 꿈을 안고 있기 때문일 것이다. 확실히 꿈과 현실은 애증의 관계다. 나는 작가로 살면 가난하게 살지도 모른다는, 그로 인해 돈만 밝히는 작가로 전락해버릴까 두려운 마음에, 작가란 직업 자체를 포기해야 할까 생각했었다. 그렇게 스스로 끊임없이 고민하면서도 꿈을 놓지 못했다.

~~

고등학교 3학년, 문학에 대한 삐딱한 반항심이 든 건 그 무렵이었다. 내 또래가 '최연소'라는 타이틀을 거머쥐고, 지역 신춘문예에 당당히 등단했다는 소식을 들었을 때. 나는 알지도 못하는 그 애가 참 대단하게 느껴지면서도, 그 아이의 난해한 시를 이해하지 못하면서도, 반면에 '왜 나는?' 이란 건방진 의구심의 고개를 숙이지 못하던 때였다. 왜, 나는, 이렇게 열심히 글을 쓰고 있음에도, '최연소'라는 달짝지근한 명사를 달 수 없는 걸까.

그즈음 문병란 선생님께서 학교로 특별강연을 오셨다. 강연이 끝나고, 선생님 연구실로 편지를 보냈다. 난해한 시에 대하여, 등단에 대하여, 요즘 문학에 대하여, 그리고 나의 글에 대하여.

그때 문병란 선생님께서는 어떤 생각을 하셨을까.

몇 년이 훌쩍 지난 지금, 선생님께서 보내주신 답장을 차분한 마음으로 다시 읽어본다.

　격한 마음에, 어리고 어리숙하고 모난 마음에 써 내려갔던 열아홉 나의 편지. 칼로 봉투를 뜯어 조심스럽게 읽어 내려갔던 선생님의 답장. 그때를 어렴풋이 떠올리며 가라앉은 마음으로 읽어 내려간다. 선생님은 격동의 열아홉을 달래듯, 단정한 문장으로 빼곡히, 그리고 정성스럽게 편지를 쓰셨다.

　　불연이면 그 '충격'이 호기심이 되어 희영 양도
　　그런 천재의 흉내를 내고 싶을지도 알아요.
　　희영 양도 젊은이인데
　　왜 그런 새로운 유행에 끌리지 마라는 법 있겠어요.

　　(...)
　　전위적 새로움, 반전통 저항적 그룹,
　　탈국적 거리의 불량아들
　　뒤틀린 그들의 구역질 나는 구토증 속에는
　　낡은 기성세대, 부패하고 사악한 기성세대의
　　타락을 거부하는 반항도 있지요.
　　한 시대의 유행도 필연성이 있고
　　그러한 기성세대가 되는 거죠.

(...)

시란, 문학이란 랭보 같은 악동이나

사강 같은 악녀만 하는 게 아니라

톨스토이 할아버지 같은 분들이 있어

그 역사 깊고 심오하다고 생각해요.

자, 그럼 희영양 힘내요.

오늘은 투쟁, 내일은 승리 화이팅!

故 문병란 선생님의 답장 중에서

 편지는 그 외에도 두 통이 더 있었다.

 고등학교를 졸업할 무렵, 대학교에 입학할 무렵, 대학교에 입학한 이후. 총 세 편의 답장. 국어국문학과에 진학했다는 소식을 전했고 그 해, 고등학교를 마무리 하며 썼던 단편소설 하나를 평가받았었다.

(...)

객관적인 사실주의 수법, 농촌과 아버지,

그 사이에서 방황하는 주인공의 고뇌를

잘 그려 놓았다고 생각해.

솜씨나 수준을 거론할 만하며

story 만드는 재주와 심리적 묘사도
수준급이란 생각이 드는군.
〈희망가〉에 나오는 마늘의 비유에서
어떤 모티브를 얻었다는
마늘밭 나름대로 문제의식도 소화하고 있어.
미래의 신춘문예 당선을 미리 당겨서
축하해주고 싶군.

故 문병란 선생님의 답장 중에서

　선생님의 답장을 읽고 난 후, 나는 불현듯 그 당시 썼던 나의 단편을 읽고 싶어졌다. 오래전 묵혀둔 웹메일에서 글을 찾았다. 그리고 나는 왠지 울고 싶어졌다. 새벽 두 시. 눈가에 그렁그렁 차오르는 눈물을 삼키며, 노트북을 닫았다.
　단편을 잘 썼기 때문에, 고등학교의 내가 대견했기 때문에 울컥했던 것이 아니다. 작품은 사실 완벽하지 않았다. 어딘가 미숙한 얼룩이 묻어 있었다.
　울고 싶었던 이유는, 그 시절 '문학이란 무엇인가' 스스로 질문을 던지면서 머릿속으로 치열하게 자신과 싸워나갔던 시간이 떠올랐기 때문이다. 큰따옴표를 쓸까 지울까, 반점 하나를 찍을까 말까, 문단 하나를 들일까 말까 고민한 그때의 눈빛이 선명하게 떠올랐기 때문이다.

그때 나는 문학이 삶의 전부였다. 대학교 진학이 무의미하다고 여길 만큼, 문학에 빠져 살던 시간이었다. 등단해서, 빈틈없이 빼곡히 나의 가치관을 문학으로 채워나가고 싶었다. 그땐 그랬다. 끊임없이 창작해야지만 옳은 것이라고, 어지러운 세상에 의문을 제기해야지만 진정한 문학인이라고 생각했던 어린 소녀였다.

나는 그때가 그립다. 어느 하나에 몰두하며 타오를 수 있었던 그 시간이.

지금의 내가 할 수 있는 것은, 꾸준히 글을 쓰는 일이다. 제대로 문학이라는 것에 몰두할 수 있을 때까지 잠시 몸을 움츠리고 있어야 할 때라고 다독일뿐이다. 그래야만 여고생의 내가 어른의 나에게 실망하지 않을 것 같아서.

언제까지나 자극을 주는 존재로, 열아홉의 내가 내 마음의 방 안에 남아있으면 좋겠다. 다시 일어날 힘을, 꾸준히, 끊임없이, 던져주었으면 좋겠다. 그렇다면 나는 타올라, 앞으로도 내 가슴 한편에 열정의 흔적을 만들어나갈 수 있을 것 같다.

늪
~

방 한편에는 지난날의 내 열정이 웅크리고 있었다.

공부하겠다고 샀던 책, 볼펜으로 시꺼멓게 요점 정리했던 노트, 연필심 자국이 그대로 남아있는 칼, 때 묻은 지우개.

이력서를 넣고 떨어지고, 한동안 모집공고 사이트를 들여다 보지도 못하다가, 공허한 다짐을 세우고 또다시 날밤을 새워 공부했던 날들. 실타래로 엉킨 운명의 수레바퀴를 푸는 것처럼, 그것은 마치 반드시 해내야 하는 숙명같이 여겨졌다.

시간에 눌어붙는 반복된 계획들이 가슴을 죄어왔다.

그러나 머릿속은 어쩐지 새하얬다.

합격자 발표를 보고 난 후…

불합격 통보를 받은 다음에는…

걱정과 생각들로 그득그득 차 있던 머리가 텅 비워졌다.

'이번에도 떨어졌네.'
긴 주말 내내 벽에 쌓여 있는 책을 보았다.

열정과 노력이 녹아 있던 책.
혹여 이사를 하게 될까, 2년 동안 풀지 못했던 짐꾸러미.
거울에 비친 허망한 눈빛.
주말의 한 밤, 가슴 한편이 미어져 베개에 얼굴을 묻었다.

'이제 그만 하고 싶다.' 그렇게 생각하는데도,
'아니야, 다시 해보자. 거의 다 왔잖아.'
마음은 허망하고 또 무던해서
다시 도전하면 된다고 스스로를 다독였다.

할 수 있다고 다독일 때마다 내 안에는 깊은 늪이 생겼다.
그건 날 위한 위로라기보다는
지독한 늪이 되어 나를 점점 더 빨아들이고 있는 것 같다.

'이 공부를 대체 언제까지 해야 할까?'

머릿속에 떠오르는 의문은 풀리지 않은 채,
나는 점점 더 늪으로 빠지고만 있다.

생각병

꿈에 한 발짝 나아갈 수 있다는 것은 설레는 일이다.

6월 이맘때 나는 항상, 한 해의 반 토막 난 달력을 보며 더 열심히 살아야지 다짐하곤 했다.

그러나 지금은 사실 열정이 많이 죽어버렸다. 이번 공채가 끝이다, 정말 마지막이다, 라고 생각하는 것은 이제는 더는 달리고 싶지 않다는 의미이기도 했다. 지난 몇 년간 턱밑까지 숨이 차도록, 취업준비라는 바다에서 헤엄만 쳤다. 지칠 법도 했다. 마지막이라는 단어는 로맨틱할 때도 있지만, 때론 잔인했다. 헛되다 할 수 있는 희망만 부풀려 놓았기 때문이었다.

그래서 결과에 실망하게 될 때마다 나는 모든 것을 놓아버리고 싶었다.

"포기하고 싶어, 너무 힘들어서."

언젠가 꿈을 포기하고 싶다고 말하던 날 보며, 친구는 이렇게 말했다.

"포기란 배추를 셀 때나 하는 말이야!"

그 말이 우스워, 조금은 힘을 얻던 날들도 있었다.

사실 어떤 것에 도전하거나, 그 일을 포기하는 과정들은 멀리서 놓고 봤을 때 어쩌면 무의미한 것일지도 모른다. 좀 더 멀리, 먼 우주에 떨어뜨려 놓고 보았을 때, 정말이지 별 시답지 않은 고민 따위일 수도 있다.

그러나 사람은 가지지 못한 것에 욕심을 냈다. 욕심을 버리지 못하면 결국 애정과 원망이 뒤섞여 짙은 집착에 빠졌다. 욕심을 버리지 못했던 나는 단 한 번도, 꿈에 가까워져 본 적이 없었다. 꿈은 가지려 하면 할수록 멀어졌고, 또 더 커졌다. 세상을 욕하기 전에 나를 먼저 욕했다. 모든 원인의 칼날은 나 자신에게로 향했다. 내가 다 못나서, 내가 다 잘하지 못해서 떨어진 거라고. 내가 열심히 하지 않아서 그렇다고. 끊임없는 자책과 책망의 반복 속에 내 정신은 피폐해졌다.

앞으로 나는 어떻게 될까, 내 미래는, 내 삶은?

꿈은 잔인하다. 이젠 정말 마침표를 찍겠다 말해도 나 스스로 찍을 수 없다. 부딪혀서 상처 받을 줄 알면서도 '내일은 괜찮겠지' 생각하며 달려든다. 불안하니까, 내 미래가 행복하지 못할 것 같으니까, 끝이 없는 이 공부의 과정을 반복한다. 그렇게 반복하다 보니, 아이러니하게도 나는 방향을 잃어버렸다.

열심히 하면 꿈을 이룰 수 있다는 당찬 포부는 지평선으로 저문 지 오래였다. 난 아무리 해도 안 돼, 어떤 일을 해도 안 돼, 이런 부정적인 생각 따위에 고착되어 간다. 답이 없는 생각들을 안고, 환상이라 일컬을 만큼 어려운 길을 '좋아서'가 아닌 '두려워서' 한다. 이마저도 하지 않으면, 아무것도 되지 못할 것 같아서.

불안하다. 만약 내가 이 공부를 계속해도 안 되면, 열심히 살아도 아무것도 되지 못하면, 꿈을 이룰 수 없게 된다면, 그때 나는 무엇을 해야 할까. 나는 무엇이 될까, 내가 무엇을 하며 살 수 있을까.

이제 겨우 이십 대 중반인데, 나는 아이와 어른 사이의 경계에서 교차되고 있었다. 조금 쉬고 싶은 마음과 조금도 쉴 수 없는 마음 사이에서.

나는 병에 걸렸다. 고민병. 아니, 생각이 많아서 생각병.

부딪히기만 했던 인생들. 그러나 나는 완전히 어떤 것들을 얻지 못한 삶이라고 말하고 싶지 않다. 실패한 인생이라고 말하지 않을 것이다. 그 안에서 분명 나는 많은 것들을 배웠을 것이라고. 이 낙방과 실패들이 언젠가 한줄기 찬란한 빛으로 선명해질 날이 올 것이라고 나는, 믿고 싶다.

그렇게 믿어야만 숨 막히는 오늘을 조금, 살아갈 수 있게 되니까.

그 순간 최선을 다했던 사람은 나였다

"너 그런 식으로 공부하면 죽도 밥도 안돼. 좀 더 최선을 다했어야지, 좀 더 노력했어야지, 좀 더 열심히 했어야지."

형태 없는 목소리들은 날 벼랑 끝에 내몰면서, 끝내는 나를 달랬다.

"힘들면 차라리 포기하는 것도 방법이야. 그거 합격하기 어렵잖아. 아니면 그냥 그만두고 공부만 하든지."

어떤 이의 인생을 말하는데, 그들의 '그냥'은 너무 쉽다.

~~~

요즈음 감기로 고생하면서 전기장판에 몸을 뉜 채 생각한다.

'내가 지금보다 좀 더 일상을 알차게 살지 않으면 나중에 후회하지 않을까?'

직장을 다니면서도 언론인이 되겠다고 바지런히 공부해 온 날들. 그럴 때마다 내 마음은 더 조급해졌다. 내가 열심히 공부하지 않아서 떨어졌다고만 생각했다. 주변의 몇몇 사람들은 꾸역꾸역 힘겹게 살아가는 나를 보고, 이해가 가지 않는다는 듯 말하기도 했다.

이제 좀 그만 하지, 그래?

네가 더 열심히 하지 않아서 그런 것 아닐까?

그럴 때마다 나는 수없이 자책하며 깎아내렸다. 이렇게 아픈 것도, 상황보다는 나 자신이 나약한 것이라고 스스로 욕했다.

콜록거리는 입을 감싸고 책상에 앉았다. 열이 펄펄 끓는 이마, 흐르는 콧물, 희뿌연 시야. 글자가 하나도 눈에 들어오지 않았다. *그러게, 운동을 좀 할 걸 그랬나? 늘 따뜻하게 입고 다녔던 것 같은데, 왜 감기 따위에 걸려서 이렇게 쉽게 무너지게 된 걸까?* 너무 답답해서 눈물이 나오지 않을 만큼, 내겐 이 순간이 간절했다. 오히려 화가 났다. 나는 겨우 몸 따위가 아파서 지금, 이 순간도 최선을 다하지 못하고 있었다.

~

"맞아요, 난 최선을 다하지 않았어요."

남들의 무심한 조언에 그저 수긍하며 난, 내가 잘못 산 것만 같단 생각을 했다. 실의에 빠지는 것이 너무나 당연하고 쉬운 일상들이었다.

직장 그만두고 공부 하는 게 정답이었을까? 남들처럼 스터디나 학원을 병행하면서 공부해야 했을까? 그렇다면 나는 반드시 합격할 수 있었을까? 꿈을 이룰 수 있었을까?

그러나 공부에만 매진하기에는 현실적으로 어려운 부분이 너무 많았다. 나는 당장에 책을 사서 읽을 돈도 없었다. 아무것도 가지지 않은 상태에서 꿈을 향해 쫓아가야 한다는 것만큼 잔인한 게 있을까? 그래도 포기하고 싶지 않았다. 꿈은 열심히 사는 사람을 배신하지 않을 거라고 믿었다. 그렇게 하루에 서너 시간씩 자면서 공부했다.

아무리 꿈을 향해 발버둥을 치고, 노력해도 닿지 않는 것들, 좀체 가까워질 기미를 보이지 않는 것들. 합격, 꿈 따위의 것들. 다른 준비생들은 학원에 다니며 공부하고, 스터디를 꾸리고, 내가 회사에 갈 때 독서실에 갔다. 그 의미는, 난 그들보다 몇 배는 더 열심히 해야만 한다는 뜻이었다. 남들보다 더 치열하고, 악착같이 해야 했다. *난 너무 늦었고, 시간도 없고, 아는 것도 없으니까.*

그런 조급한 마음이 나를 자꾸만 책상 앞으로 내몰았다. 잠을 자는 시간은 줄어들었고, 일을 할 때도 실수가 잦아지기 시작했다.

피로에 찌들어 집중력은 흐려지고, 머릿속에 제대로 외워지지도 않았다. 하지만 그렇다고 마음 편히, 두 다리를 뻗고 잠을 청할 수도 없었다. 마음이 무척이나 불안하고 두려웠다.

이러다가는 영원히 다른 사람들보다 뒤처져서 살아갈 것만
같았다.

 그렇게 나는 채찍을 그러쥐었다.
 남들이 내게 쥐여준 채찍을.

~~

 하지만, 돌이켜 생각해 보면 그렇다.
 나 자신을 괴롭게 만든 것은 무엇이었나? 눈앞에 보이지 않
는 나의 경쟁자들? 남의 인생을 쉽게 알고 조언하는 사람들?
나의 꿈과 열정에 응원을 보내는 사람들? 나의 가족들과 내
가 사랑하는 사람들? 그들의 기대와 응원이 부담스럽다는
알량한 이유로, 나는 그동안 나 자신을 벼랑 끝으로 내몰아
왔다.
 사실 아무도 나에게, 채찍을 쥐고 스스로를 때리라고 가르
치지 않았다. 오히려 나를 사랑하는 사람들은, 따뜻하고 상
냥한 응원의 메시지를 보내오기도 했다.
 조금만 더 힘내, 그동안 열심히 달려 왔잖아, 이제 거의 다
왔잖아….

 그 누구도 나를 궁지로 몰아 세우지 않았다.
 그 누구도 나를 채찍으로 내려치지 않았다.

타인의 시선에 따라 채찍을 내리친 손, 나를 상처입힌 것은 바로 나 자신이었다.

~~

"아니요, 난 그럴 수밖에 없었어요."

왜 그동안 나는 그렇게 조급하게 생각하며 살았을까? 왜 후회를 두려워했을까? 꿈이라는 것은 내가 끊임없이 노력해도 이루어지지 않았다. '꿈', 그 아름다운 원단의 '욕심'이라는 옷은 발가벗은 나의 몸에 감겨들어 점점 더 크게 부풀렸다. 꿈에 대한 열망과 조급함이 밀어 넣은 재촉, 결과에 대한 불만족, 그렇게 한 번씩 목표가 고꾸라질 때마다 나의 희망은 절망으로 바뀌었다. 절망은 또다시 나 스스로를 때리고 아프게 만들었다.

삶은 그저 "틀렸다"는 말 한마디로 쉽게 무너지지 않는다. 그 단 한마디로 정의할 수 있는 게 삶이었다면, 세상의 모든 이들은 틀린 세상 속에 살아가고 있을 테다. 세상에 틀린 것은 없다. 늦은 것도 없고, 완벽하지도 않다. 그러니 나 자신을 조급하게 만드는 환경과 성급한 조언과 말에 휘둘리지 말자.

과연, 다른 누군가도 선택의 기로에 놓였을 때, 한 번에 선택을 잘할 수 있었을까? 아니다. 그 수많은 누군가도, 내가 많은 고민을 흘려보낸 만큼 수없이 고민했을 것이다. 우리는 각자의 인생이 있고, 자신의 인생은 단 하나뿐이기 때문에 최선을 다해 사는 것이다. 고민에 대한 결정이 신중해지는 것은 당연하다.

~~~

이불을 덮고 연신 콜록거리던 나는, 천천히 열이 오른 이마에 손을 얹었다. 열심히 사는 삶은, 몸이 다 낫고 난 뒤에 해도 된다고, 조급한 마음을 달래며 차분히 눈을 감았다.

미래의 내가, 부정적인 결과 때문에 후회하게 되더라도, 정말 열심히 살았던 지금의 나를 나무라지 말자.
열심히 살지 않았다고 자책하지 말자.
이 순간 미래를 지키기 위해 가장 최선을 다했던 사람은, 바로 나 자신이었으니까.

취준생의 마음

오랜만에 들어간 취업 준비생 카페는 마치 낡은 일기장을 펼쳐보는 느낌이었다. 방송인을 꿈꾸던 시절, 꿈과 기대에 부풀어 자주 찾던 카페였다.

같은 꿈을 꾸는 사람들. 그렇기에 도전하는 문도 같은 사람들. 다수의 불합격자와 소수의 합격자, 그들 사이에는 부러움으로 치장한 시기와 질투와 의심이 있었다. 다수의 불합격자는 소수의 합격자가 어떻게 합격을 했는지, 스펙을 낱낱이 파헤쳤다.

합격해서 기쁜 마음으로 입사 후기를 남기는 사람의 글 밑엔 유독 댓글들이 많았다. 사람들은 어떻게, 어떤 방식으로 자기소개서를 썼는지, 어떤 스펙을 가졌는지 등을 물었다.

사실 사람들은 그걸 몰라서 묻는 것이 아니다. 어떻게 써야 하는지, 어떤 방식으로 해야 하는지를 잘 알고 있으나, '혹시 나'하는 마음으로 묻는 것이었다.

'별 볼 일 없는 나의 이 하찮은 스펙으로도 합격이 가능할까?'

'소수의 합격자 가운데서도 극히 소수는, 특별한 스펙 없이도 합격하지 않았을까?'

'그럼 내게도 조금은 가능성이 열려 있는 게 아닐까?'

조급, 불안, 그 너머 작은 희망이라는 불씨.

모든 것이 현존하는 그곳에서 사람들은 오늘도 바락바락 소리를 지르고, 눈물의 아쉬움을 토한다. 누구나 열심히 하는 세상이다. 그럼에도 결국 단 한 명, 혹은 서너 명 안팎의 사람들만 합격한다.

한때 나도 그들 사이에서 내 마음을 다지고, 다시 한 번 일어서 보리라는 희망을 품었었다. 그러나 나는 몇 달간, 그곳을 들여다보는 일을 그만뒀다.

조급함과 불안함과 수많은 탈락이 동그랗게 손을 잡고 모이다 보니, 희망이 담벼락을 넘어 도망쳤다.

지방대는 안돼,

경험이 없어서 안돼,

자격증이 없어서 안돼,

인턴경력이 없어서 안돼,

너무 평범해서 안돼,

난 안돼.

뜨거운 열망에 바래지는 순간에도

동그라미의 구멍이 점점 좁아질수록, 사람들의 마음은 편협해지고 부정적으로 변해갔다. 난 그게 싫었다. 그런 생각을 하는 사람들을 바라보는 것이 싫었다기보다, 내 안에 조그맣게 남아있던 희망의 불씨가 꺼져버릴 것만 같아서 싫었다. 난 아직도 믿고 싶었다. 열심히 하면 이룰 수 있을 거라는 기대, 희망, 꿈. 그 작은 모든 것들.

왜 내 인생이 보잘것없다고 생각해요.
돌아보면 값지고 소중했던 순간들이 있었잖아요.

'할 수 있어!' 힘차게 다짐했던 처음의 모습은 어디로 갔을까. 시작은 거창했으나, 어쩐지 지금은 멋진 꿈 앞에 울상을 짓고 있었다.

한없이 좌절하고, 한없이 땅으로만 꺼져가는 요즘. 달리다 쓰러져도 아무도 끌어주지 않는 냉정한 사회.

실패 앞에 좌절하며 '앞으로 난 또 실패할 거야'라고 결말짓고 싶지 않다. 이번엔 실패했을지언정 다음 기회엔 성공할 수도 있으니까. 반짝이는 내 인생, 앞날은 모르는 거니까.

세상이 아무리 차가워도 나는 따뜻한 나를 지키자.

내 안의 작은 불씨에게 속삭였다.

뜨거운 열망에 바래지는 순간에도

뭉툭해도 좋아, 날카롭지 않아도 돼

〜〜〜〜〜〜〜〜〜〜〜〜

 깎이는 소리가 매력적이고, 휘갈겨 쓰는 손놀림의 느낌이
좋아서 자꾸만 손에 닿게 되던 연필. 오늘도 나의 초록색 가
죽 필통 안에는 지우개와 연필, 그리고 자그마한 연필깎이가
들어있다. 장롱 속에 처박아 두었다가 최근에야 메고 다니기
시작한 에코백에 작은 책 두 권과 공책, 그리고 필통을 집어
넣었다.

 무언가를 쓰기 전에 항상 나는 연필을 먼저 깎는다. 꼭 먼저
해야하는 일은 아니지만 버릇처럼 연필과 연필깎이를 결합
시켰다. 카페에 울려 퍼지는 잔잔한 음악 소리 사이로 사각
사각 연필이 깎이는 소리가 들렸다. 나는 그게 좋았다. 뭔가
를 쓰기 위해, 혹은 정리하기 위해 준비하는 과정이 좋았다.
그리고 그 준비는 단 한 번이면 되었다. 부러지거나 잘 깎이
지 않아 뭉툭할 일이 없었다. 늘 나의 연필깎이는 언제나 한

번에 잘 깎였다.

 그런데 오늘은 어쩐 일인지 연필이 잘 깎이지 않았다. 부드
럽게 돌던 연필이 문득 제자리에서 헛돌고 있다는 느낌이 들
었다. 꺼내 보니 아뿔싸, 심이 부러져 연필깎이 안에 박혀 있
었다. *그래, 한 번은 뭐, 그럴 수 있지.* 나는 심을 빼고 연필
을 다시 깎았다. 그러나 연필은 자꾸만 부러지고 깎이지 않
는 것이었다. 계속 부러지고, 부러지고, 부러졌다. 한 번은
제대로 깎일 법도 한데, 오늘따라 이상하게 말썽이었다.

 그냥 넘어갈 수도 있는 일이었다. 그러나 이상하게도 마음
이 울컥해졌다. 겨우 연필 따위였다. 그런데 잘 깎이지 않는
것이 꼭, 뭔가 술술 풀리지 않는 나를 보는 것 같았다. 공부
할 것이 많았고, 신경 쓸 것도 산더미였다. 요즘은 어느 것
하나 시원하게 뚫리지 않았다. 제자리걸음인 공부, 깎이지
않고 헛도는 연필, 쓰다만 공책, 식어가는 떫고 쓴 아메리카
노. 모든 게 꼭 나 같다는 생각이 들었다.

 나는 결국 끝이 뭉툭한 연필을 들었다. 얼마나 계속 깎았던
지, 길쭉했던 연필은 어느새 반 토막이 났다. 떨떠름한 기분,
불편한 마음.

 마음을 가다듬고 부지런히 무언가를 정리하고 써 내려갔다.
뭉툭한 연필이지만 오늘따라 이상하게 집중이 꽤 잘 됐다.
공부가 잘되니 깎여지지 않아 망연자실했던 시간도 금세 잊
혀졌다.

뭉툭한 연필이어도 나는 괜찮았다.

글자를 쓸 수 있었다. 밑줄을 그을 수 있었고 중요한 부분을 표시할 수 있었다. 완벽하게 깎이지 않았다고 해서 전혀 쓸모없는 몽땅 연필이 아니었다. 그렇게 연필에게 위로를 받는다.

언제나 날카로울 수는 없다. 늘 반듯하고 꼿꼿하기만 하다면 너무 피곤한 인생이 될 테니까. 어떤 날은 뭉툭해도 괜찮다. 잘 부러진다고 해서 연약한 것도, 글자가 못생기게 써지는 것도 아니었다. 뭉툭한 연필은 그 나름대로 매력이 있었다.

생각이 많은 밤.

오늘 밤, 연필을 깎았던 마음을 써 내려가며 생각을 정리한다.

뭉툭한 연필도 괜찮다. 그래, 언젠간 다시 날카롭게 깎일 테니까. 그렇게 슬픔에 젖어있던 마음을 조금씩 말려 본다.

입병

'뾰족' 심술이 난 것은 왜일까.

그렇게 힘들게 지냈던 것도 아니다. 나름 시간을 가지면서, 일도 손에 놓고 지냈다. 잠도 푹 잤고, 물도 많이 마시고, 일도 무리하지 않았는데. 어째서 입안은, 무엇이 분에 겨워 그렇게도 삐죽빼죽 성질이 난 걸까.

입안이 헐었다는 것을 알아차리게 된 것은, 아랫입술 안쪽에서 느껴지는 찌릿한 통증 때문이었다. 보푸라기처럼 하얗게 밀려난 살집이 따끔거렸다. 화산처럼 성이 나서 봉긋 튀어나와 기분도 별로였다. 그리고 양치할 때마다 어찌나 걸리적거리고 아프던지. 점심시간의 끝자락, 칫솔을 입에 문 얼굴엔 잔뜩 힘이 들어갔다. 미간에 힘을 주고 험상궂은 얼굴로 조심스럽게 칫솔질을 했다. 같이 일하는 직원이 무슨 양치질을 그렇게 인상 쓰며 하냐고 물었다. 나는 말하는 것도 힘겨워 말없이 아랫입술을 까서 보여줬다. 직원이 인상을 찌푸렸다. '으, 아프겠다.' 표정이 내뱉지 않은 말을 대신했다.

따끔따끔하고 걸리적거려서 혀로 치아를 자꾸만 건드려 보게 되고, 평소엔 잘 들여다보지도 않던 거울도 들게 됐다. 밥도 먹는 둥 마는 둥. 자꾸만 이 심술 난 녀석에게 관심이 갔다.

퍽 힘든 일을 하지 않았기 때문에, 한편으론 이런 생각이 들었다. 너무 오랜만에 푹 쉬어서, 몸이 감춰왔던 곪은 마음을 입병으로 표출해 버린 건 아닐까. 몸 곳곳에 그런 흔적이 있었다. 생전 나지 않던 여드름이 갑자기 튀어나왔다던가, 결리지 않던 어깨가 무거워졌다던가, 잠을 자도 자도 끝없이 피곤이 밀려온다거나. 쉬면 괜찮을 줄 알았는데, 마냥 괜찮지 않다거나.

이러다 몸 부서진다고! 쉬면서 해!

몸이 몸으로 말하는 것 같다.

그런데 더 속상한 것은 몸은 쉬라고 난리인데, 마음이 불안해서 편히 쉬지 못한다는 것이었다.

야, 이럴 때가 아니야!
너, 빨리 일어나서 공부도 하고,
운동도 하고, 글도 써야 하고, 사람들도 만나야지!

마음은 조급해서 방방 뛰었고, 이부자리에 몸을 드러누우면 뭔가를 해야만 할 것 같은 압박감에 시달렸다. 마음은 조급하고, 몸은 쉬라고 한다.

~~~

쉬어야 한다는 것쯤은 잘 알았다. 하지만 조급한 마음을 어떻게 할까. 아프다는 핑계 아닌 핑계로 남들보다 뒤떨어질까 두려웠다. 단 하루라도 열심히 하지 않으면, 나에게 합격의 문은 더 멀리 달아날 것 같았다.

나에게 입병은 일종의 몸살 직전의 신호였다. 오늘 하루 제대로 쉬지 못하면, 일주일을 몸져누울 수 있던 것이었다. 하지만 지금 당장에는 내가 몸살이 날 수도 있다는 것보다, 남들보다 하루 더 뒤처지고 있다는 사실이 더욱더 나를 숨 막히게 했다.

입병의 마음을 알 것 같다.
제발 좀 쉬어가라는 암묵적인 시위.
입병은 오늘도 내 아래 치아를 건드리며 말한다.
'제발 좀 쉬자!' 라고.

조금 더 멀리 보고, 지금 당장의 조급함을 내려놓아야만 하는데…. 나는 나에게 입병이라는 신호가 나타날 때마다, 몸보다는 나의 영혼이 말라 죽는 것 같은 기분이 들었다.

언제까지 이렇게 숨 막히는 조급함 속에 살아가야만 할까?

그저 평온하게 휴식을 취할 순 없는 걸까?

책상 위에 팔을 포개고 얼굴을 파묻었다. 조급함이 싫은 것보다 견딜 수 없는 것은, 몸이 부서지라고 하는 데도 안되는 현실이었다. 무엇이 문제인지 알 수 없었다. 그러나 이 문제를 진단하고 싶지 않았다. 가슴이 뛰는 대로 달려가기에는, 머리가 그걸 이해하지 못했다.

두려웠다. 모든 걸 다 내려놓고 꿈만을 좇아가기에는, 실패에 대한 두려움을 이겨낼 자신이 없었다. 결국 나 자신을 탓해야만 속이 시원했다. 상황이 나빠서 그런 게 아니라, 내가 부족한 탓이라고 말이다.

이 타이밍에 입병이 나버린 나는, 애꿎은 나의 연약한 체력을 한 번 더 탓했다. *게으르지 마, 다 네가 열심히 하지 않은 탓이야,* 라고.

그렇게 생각하면 이상하게, 더 열심히 달려갈 수 있을 것 같으면서도, 한 편으론 속이 상해 눈물이 쏟아질 것도 같다.

조언들

타인의 기대를 짊어지면, 내 삶의 무게가 묵직해지는 것은 당연한 일이다. 실망하는 빛은 날카로운 섬광처럼, 어둡고 침침한 내 마음속에 날카롭게 침투하기 때문이다.

사랑한다는 말에 뭉근해진 빛은 사실 따뜻하기보다 차갑고 냉랭했다. 더욱더 반듯하게 살아가라고 째려보는 것 같다.

그런 눈빛들은 다양하다.

첫 번째 눈빛, 직장인으로서 늘 도전하라는 조언들.

"안정적인 직장에서 꾸준히 공부해라."

"더 좋은 곳이 있다면 문을 두드려라."

"안주하지 말아라."

두 번째 눈빛, 작가로서 늘 도전하라는 조언들.

"등단 준비해라."

"사회 문제점을 담은 무거운 글을 써라."

"네 글은 너무 가볍다. 사랑 얘기 그만 써라."

세 번째 눈빛, 휴식에 대한 조언들.

"지치면 쉬었다 가라."

"꿈이 전부는 아니다."

"건강이 최고다."

여러가지 눈빛들은, '조언'이라는 이름으로 내게 날아왔다. 한 사람으로 태어나 갖가지 눈빛들을 안아야 하는 것이 고역스럽다. 왜 사람은 한 가지에만 몰두할 수 없는 걸까? 내 마음에 와닿은 조언은 걱정으로 쪼개지고, 다방면에서 쏟아지는 눈빛에 늘 불안해했다.

그러나 아이러니하게도 나는 이 상황을 이상하게 생각지 않았다. 고민은 당연하다고, 젊은이라면 으레 겪어야 할 수순이라고, 당연히 힘들고 아파야만 한다고. 나는 그 말들에 물들어 당연하다고 여기면서, 당연할 일에 아파하고 있다며 나 자신이 나약하다고 자책했다.

분노와 슬픔과 조급함과 시들함의 사이에는 좁은 공간조차 없었다. 긴 한숨을 몰아쉴 수 없을 만큼 촘촘해서, 색깔이 분명히 다른 기대들이 들쭉날쭉해서, 정신이 여름날 아이스크

림처럼 녹아내리는 것 같았다. 하루 중 절반은 아니, 절반 이상은 온통 고민에 빠져 지내다 퇴근 후 이부자리에 미끄러지고 나서야 맥이 끊긴 심장박동기처럼 생각의 문장들에 긴 선이 그려졌다. 삐, 소리가 귓가에 닿을 즈음엔 이미 두 눈은 감겨 잠들어 있었다.

다음 날 아침이 오는 것이 두려울 때가 있었다. 타인의 기대를 등허리에 짊어지고 살 자신이 없었다. 변명으로 온몸을 칭칭 감아, 제각기 다른 기대들에 맞춰 거짓말 속에 살았다. 마음은 노랗게 곪아서, 바늘로 콕 찌르면 터질 것 같은 물집이 잡혀 있음에도, 아프다 말하지 못하는 하루들이었다.

～～

누군가의 기대가 걸려 있다는 것, 그 기대가 내게 '짐'이 되어서는 안 된다. 기대가 쌓이면 부담이 되고, 부담이 무거워지면 자신감이 납작하게 눌리게 될 테니까.

모든 분야에서 '잘하고 있다'고 스스로에게 주문 걸지 않겠다. 다만, 내가 좋아하기 때문이라고. 각기 다른 조언에 흔들리지 않기 위해, 발가락에 힘을 주어 서 있어 본다.

사람이기 때문에 실수할 수 있다.
사람이기 때문에 모든 걸 이룰 수 없다.
사람이기 때문에 완벽할 수 없다.

다만 실수를 줄이기 위해, '누군가를 위해서'가 아닌, 오직 '나 자신'이 실망하지 않기 위해 조금씩 노력할 뿐이다.

타인의 기대에 부응하기 위해 살지 말자.
인생은 내 거니까. 내가 사는 거니까.
어떻게 하면 내 자서전이 아름답게 쓰일지만 생각하자.
나라는 책이 세상에서 제일 따뜻하기를 바라니까.

위로 없이 사는 삶

똑같은 저녁이었다. 퇴근하자마자 편의점에서 컵라면으로 저녁을 때우고 책을 챙겨서 카페에 갔다. 외근 갔다 오느라 퇴근이 늦어졌지만, 그래도 공부할 시간을 조금이나마 벌었다는 사실이 기뻤다. 자리에 앉았다. 앉자마자 정말이지 정신없이 공부했다. 대학 다닐 때 학을 뗐던 공부. 이제는 너무나 간절히 하고 있었다. 정말, 정말 잘하고 싶었으니까.

카페는 11시에 문을 닫았다. 평소 같으면 7시쯤에나 와서 공부했을 텐데. 외근으로 허비해 버린 한 시간이 몹시 아깝다는 생각이 들었다. 그래, 그래도 집에 가서 단어 몇 개만 더 보자. 남은 자투리 시간에 앞으로의 계획을 짜 봐야겠다고 생각했다.

다이어리를 폈다. 무덤덤하게 주르륵 써 내려가는 몇 자들. 그러나 힘 있게 눌러쓰기 시작한 펜질이 점점 느려졌다. 날

짜를 체크하는데, 생각보다 일정이 빡빡했다. 지난달도 보니 회식과 야근이 유난히 많았다. 공부를 많이 못 한 것이다. 몇 주 전, 모집이 마감된 날짜도 보였다. 이력서를 냈었는데 연락이 없는 걸 보니, 또 낙방임이 틀림없었다. 낙방, 낙방, 낙방의 연속.

매번 떨어지기만 하는데 공부할 시간은 없고, 언제까지 공부만 해야 할까 싶고. 아침 8시부터 오후 6시까지 발 묶인 직장생활. 직장에 갇혀있는 시간이 많다고 생각하니, 막막하고 답답해지기 시작했다. 이렇게 해서 합격할 수 있을까?

대체 남들 공부할 때 뭐한 거지? 대학 다닐 때 진즉 공부해 둘걸. 대외활동 같은 거 하지 말고 토익 공부나 해 둘걸. 글 쓰지 말고 자격증 많이 따 둘걸. 영상 만들지 말고 학점이나 높게 쌓을걸. 그랬으면, 그랬으면 직장을 가지고 나서 뒤늦게 공부할 일은 없었을 텐데, 합격했을 텐데, 이렇게 초조하지 않았을 텐데. 불안감이 엄습할수록 스스로를 옭아매기 시작했다.

내 주변에는 안정적인 직장을 잡아, 마음 편히 사는 사람들이 많았다. 그래서 어떤 이는 나에게 "지금 직장도 괜찮은데, 왜 굳이 공부하느냐"며 이해할 수 없다는 듯한 반응을 비추기도 했다. 그러나 그런 말에도 흔들리지 않고 계속 공부할 수 있었던 건, 내 안에 '남들과는 다른 특별한 무언가'가 있다고 여겼기 때문이었다. 꿈을 향해 좇아간다는 것은, 나에게 그만한 자부심을 부풀려 주었다.

하지만 매번 미끄러지는 입사 시험과 시험 준비의 정석도 모른 체 그냥 해대는 공부는 나 꿈을 더욱 불투명하게 만들었다. 사람들은 경험이 중요하다고 했지만, 나의 수많은 경험은 평범함을 뛰어넘는 특별함이 없었다. 나에게는 소중한 경험일지라도, 타인에게는 너무나 평범한 것들이었다. '평범하다' 그 문장이 내 온몸으로 스며들 때는, 그나마 가지고 있던 열정에 대한 자부심마저 흔들리게 했다. 자부심이 흔들린다는 것은, 단순히 안정적인 삶을 추구해 버릴지도 모른다는 말이 아니다. 꿈은 내 삶에 있어 특별한 것이다. 특별한 삶을 꿈꾸는 나에게, 특별한 꿈마저 무너진다면, 내 삶에 중요한 것은 아무것도 남아 있지 않았다. 꿈은 곧 나의 영혼이요, 나의 정신이었다. 그게 무너지면, 내 삶은 무의미했다.

이 순간, 누군가에게 위로받고 싶었다. 괜찮다고, 열심히 살았다고, 충분히 잘 해낼 거라고. 불안한 내 마음을 꽉 조여줄 말. 괜찮아, 잘 해왔잖아.

휴대전화를 들었다. 하지만 연락처 목록을 죽 둘러보다 다시 내려놓았다.

'이 친구도 취업 준비 중인데 기분 상할지도 몰라.'
'회사 동료는 안돼, 이직 준비한다고 생각할지도 몰라.'
'부모님껜 안돼. 약한 모습 보이고 싶지 않아.'

그렇게 몇 사람 젖히다 보니, 이럴 수가. 막막한 마음을 털어놓을 사람이 없었다.
 나는 집으로 바로 가지 못하고 집 주변을 맴돌았다. 위로받고 싶었다. 누구에게든 '괜찮아' 한 마디, 듣고 싶었다.

 어떤 방향으로든 가도 괜찮다고.
 내가 가는 길이 틀리지 않았다고.
 당연히 헤맬 수 있는 거라고.

 위로와 함께 살아왔던 삶. 그리고 이젠, 누군가의 위로 없이 홀로 이겨내야 하는 삶. 오늘도 힘겨운 밤에 서 있다.

당연한 변화

요즘은 부쩍 나 자신이 변한 것 같은 생각이 들었다. 열병 같던 우울을 앓고 난 이후의 일이다. 난 정말이지 누군가의 말처럼 열정이 식은 채로 살아가고 있었다. 글이든 어떻든, 지금 이 생활에 완전히 안주해버린 삶. 더 나아지면 좋고, 아니면 아닌 거라는 안이한 생각. 내가 어쩌다 이리되어 버렸을까, 그런 생각마저 들지 않는다. 나는 그게 슬프다. 왜 내가 이렇게 변해버렸을까, 자책하지 않는다는 것이.

평소와 똑같이 웃고, 똑같이 누군가를 대하는 데도, 정말 나를 좋아해 주는 사람들은 내 상태가 어떤지 아는가 보다. 오늘 문득, 누군가 내게 말했다.

"세월이 흐를수록 사람이 변하는 것은 당연한 거야. 그것은 네 탓이 아니야. 상황이, 현실이, 지금의 이 분위기가 너를 그렇게 만든 거야. 자책하지 마. 스스로를 옭아매지 말아."

내 탓이 아니다.

나는 그 말에 퍽 눈물이 날 것 같았다.

사람들은 그런다. *너 왜 그렇게 변해버렸어? 옛날엔 그렇지 않았잖아.* 그럼 그 사람들의 말에 나는 대답할 수 없었다. 그러게, 왜 내가 이렇게 변해버렸을까, 옛날엔 그렇지 않았는데. 긍정적인 힘을 사람들에게 퍼트리던, 난 그래도 좀 괜찮은 사람이었다. 그러나 시간이 흐를수록 내 안에는 화와 불평들이 쌓여가기 시작했다. 무엇 때문인지는 모르겠다. 순수하게 열정을 가지고 일을 하던 것들이, 점점 눈치를 보게 되고 계산적으로 행동하게 됐다. 무엇 때문에, 나는 무엇 때문에 변하고 말았을까.

그러나 나는 그 무엇을 "나" 때문이라고 말하지 않기로 한다.

나는 숨 쉬고 있다.

여느 기계처럼 일을 하는 것이 아닌, 나도 생각을 하고 감정이 있는 사람이다.

나는 사람이라서, 감정을 가지고 있는 인간이라서 변할 수 있는 것이라고. 내 의지가 약해서, 내 열정이 부족해서가 아닌 상황이 나를 이렇게 만들어버렸다고.

사람은 누구나, 아니 나는, 아니 우리는. 누구나 변할 수 있다고.

어설프게 착해서 상처받는 것들

나는 착하지 않다.

배려라는 휘장을 두른 말투는 사실, 남에게 잘 보이고 싶은 욕심 때문이었다. 좋은 사람으로 비치면 좋은 관계가 유지될 것 같았으니까. 상냥하게 대하면, 상대도 나를 상냥하게 대해줄 줄 알았으니까. 그래서 늘 바보 같이 견디며 살았다. 주변의 질책과 상처되는 말들에도 애써 웃으며 넘기려 했다. 다투고 싶지 않았으니까, 누군가와 싸우고 싶지 않았으니까.

그러나 가끔 그 휘장을 걷어버리고 싶을 때가 있었다. 왜 항상 나는 참기만 해야 할까, 싫은 소리를 할 수 없는 걸까. 그럼 혼자 숨을 고르게 쉬며 삭혔다. 그리고 금세 우울해져 버렸다. 정말 마음이 넓은 사람이 되고 싶은데, 마음이 한없이 좁은 것만 같아서. 화내고 싶지 않은데, 울고 싶지 않은데, 감정이 마음대로 뛰어다녀서. 나는 정말 착한 사람이 아닌 것 같아서. 착하지 않으면서 착한 척한 내가 벌을 받는다고 생각했다.

착한 척을 하는 데에는 나름의 이유가 있었다.

예민한 사람이 되고 싶지 않았다. 다만 '좋은 사람이 되자'는 자신과의 약속을 놓고 싶지 않았다. 누가 보아도 늘 긍정적이고 밝은 사람으로 보이고 싶었다. 그 욕심 때문에 나는 괴로워했다. 논쟁을 벌이고 싶지 않아 상황을 외면했고, 끝내 도망쳤다. 흐트러진 빈 곳을 노려 송곳으로 찌르는 말들이, 때론 예민한 상처를 찔렀다. 숨을 크게 들이마시고 내쉬었다. 그러나 아프면 아프다고 소리조차 낼 수 없었다.

반사적으로 내뱉은 신경질적인 말들이, 그 사람에게 상처가 될 거라는 걸, 그리고 내일의 내가 뼈저리게 후회할 거란 사실을 알았다. 그래서 화에 들끓어도 쓴소리를 할 수 없었다. 내일의 내가 땅을 치고 후회할까 봐. 난 결국 나쁜 사람이었다고 스스로를 손가락질해버릴까 봐. 덕분에 뾰쪽하게 날을 세워, 마음을 들쑤시고 다니는 그 송곳 때문에, 머릿 속은 정신이 없었다. 새하얘지고, 때론 노래져서 어떤 말을 해야 할지도 몰랐다.

말이 신중해야 한다는 것을 알지만, 그것이 늘 어려워서 골머리를 앓는다.

어설프게 착해서 상처받는 것들이 있다. 착하지도 않은데, 착한 척을 해서 힘들 때가 있다. 나는 속이 곪아서 터질 것 같은데, 참는 것. 타인과의 관계를 좋게만 유지하기 위해 화가 나도 참고, 울고 싶어도 참는 것들. 그래서 상처받는 것들. 차라리 너무나 착해서, 느끼는 감정들에 아둔해질 수 있다면 좋을 텐데. 바보같이 착하기만 하면 좋을 텐데. 그래도 어쩔 수 없다고 말하는 것은, 그런 상황에도 웃을 수밖에 없는 것들 때문이다. 여전히 누군가에게는 착한 사람처럼 보이고 싶으니까, 그런 욕심 때문에.

자고 일어나면 다 괜찮아질 테고, 오늘도 어제 일이 된다. 지나간 일이 되면 조금은 복잡한 감정들을 내려놓을 수 있으니까, 그걸로 됐다는 주문을 건다. 화를 내기 전에, 울음을 터뜨리기 전에 다시 한번 더 생각한다. 사실 나는 이것으로 안정을 찾는다. 이 또한 지나갈 것이라는 진부한 문장으로.

착한 척하며, 가슴에 상처를 안고 사는 사람들에게 '그딴 복잡한 생각들 다 집어던져!'라고 말할 수도 있겠지만, 나는 그것이 어려운 일이라는 것을 안다. 참지만, 여전히 참아나갈 것이지만, 조금은 덜 아팠으면 좋겠다.

나는 착하지 않다.
마음에 한 번 더 진하게, 문장을 쓴다.

뜨거운 열망에 바래지는 순간에도

D-DAY

"초조"하다는 말을 나는 여태껏 잘못 써왔는지도 모른다.
손톱이 반토막이 될 때까지 물어뜯는 정도와는 다르다.
뭘 해도 불안함이 가시지 않는 게, 하루 종일 미치게 만든다.

불안하니까, 자꾸만 같은 말을 반복한다.
"잘 될까?", "잘 안되면 어쩌지?"

누구에게도 티 낼 수 없는 초조함,
타인의 위로는 비슷한 결로 받아들일 수밖에 없어서
결국 내 마음은, 내 스스로가 다스려야 한다.

날 미치게 만드는 것은, 단지
가늠하기 어려운 결과 때문만은 아니다.

문제가 어려운 것도, 과정이 험난한 것도 아니다.
목표한 날짜까지 그저 대기하고 있어야만 하는,
기다림 밖엔 할 수 있는 게 없는 내가
초라하기 그지없다.

하루가 흘러갈수록 초조하고 불안하다.
또 잘못될까 봐, 실수했을까 봐, 실패할까 봐.
더 열심히 하지 못했다고, 이 순간을 미워하게 될까 봐.
어둠의 수렁 속으로 한없이 빠지게 될까 봐.
그리고 또다시 처음부터 시작해야 한다는, 지루한 악몽….

하루에도 수백 번씩 부정적인 마음을 피하려고 했다.
하지만 아무리 외면하려 하고, 발버둥을 치려 해도
'초조함'은 아무렇지 않은 태연한 얼굴로 내 앞에 서 있다.

유령 같다.
치워도, 버려도 내 앞에 서 있는 게.

그래서 끊임없이, 스스로 되뇐다.
어떤 결과든 최선을 다했다고 생각하자고.
이 결과로 내 인생이 무너졌다고 생각하지 말자고.
눈을 감고 끊임없이, 끊임없이 왼다.

'괜찮아, 시간이 지나면 알게 되잖아'

시간이 해결해 줄 거라지만,
이 되뇜이 지금의 나에게는
아무런 도움이 되지 않는다.

~~~

어떤 불안함은
불길함으로 이어지기도 해서
마치 그것이 정답인 양, 부정적인 결과로 내달렸다.

결국 내가 불안해하는 이유는
떨어질 걸 스스로 예상했기 때문인 걸까?

하지만 이제 더는 힘들어지고 싶지 않다.
수천 번 나를 죽여가며 미래를 꿈꾸고 싶지 않다.

이 반복되는 지옥의 시간 속에
순전히 나는, 되돌아가고 싶지 않아서
나는 끊임없이 과거를 후회하고, 긍정의 결과를 고대한다.

이 긴 기다림의 끝에 무엇이 기다리고 있을지는
아무도 알 수 없겠지만.

물고기

어릴 적엔 다큐멘터리를 정말 좋아했어. 특히 해저에 관련된 다큐멘터리 말이야. 텔레비전에 오색찬란한 빛깔로 제 몸에 불을 밝히는 바다 녀석들을 보고, 심해란 어떤 곳일까 떠올려 본 적이 있어. 물고기들을 보면 그런 생각이 들어.

'쟤들은 좋겠다. 아무 생각도 없이 헤엄만 칠 수 있으니까.'

걱정 없이 살 수 있다는 건 어떤 걸까? 정말 행복한 삶일까? 배가 고파도 행복하고, 울적할 일 없어서 좋을까? 친구들과 싸울 일도 없고, 직장 상사에게 눈물지을 날도 없는 세상. 생태계의 먹이사슬만이 존재하고, 이따금 몸을 움츠리며 주변을 살피는 일 외에는 걱정할 일도 없는 세상. 인간은 언제나 어둠 속에서 빛을 쫓아다니지만, 연안에서 헤엄치는 물고기들은 늘 햇살이 먼저 반기잖아.

그런 빛 속에 둘러싸여 사는 삶은 어떨까?

빛을 좇지 않아도, 빛이 온몸에 달라붙어 있는 그런 세상.

그래서 나는 가끔 물고기가 되고 싶어. 자유롭게 헤엄치면서, 바다 깊숙한 곳도 누비면서. 햇볕에 몸을 말리고, 친구들과 함께 같은 방향으로 헤엄치면서. 실패 같은 거, 두려움 같은 거 없이, 무턱대고 모험할 수 있는, "용기"라 일컫지 않아도 그게 당연한 것처럼 여겨지는 그런 삶 말이야.

직장을 때려치울 용기, 싫은 소리 할 수 있는 용기, 도전하는 용기 그런 것 말고. 그냥 그 용기가 당연한 그런 삶. 너무나 당연해서 놀랍지도 않은 삶.

그렇지 않아?

우리 모두 가끔은, 걱정 없이 살고 싶은 물고기가 되고 싶을 때가 있잖아.

온전한 행복

 행복이란 무엇일까.

 철학적이면서도, 삶의 가장 원론적인 질문. 많은 사람의 꿈
이면서, 때론 피하고 싶은 고찰이기도 한 것.

 돈을 많이 버는 게 중요할까, 아니면 꿈을 이루는 게 중요할
까, 내가 사랑하는 사람과 함께 사는 게 중요할까. 행복하기
위해 늘 고민하고, 더 나은 삶을 찾기 위해 생각했지만, 이
생각에 단단한 매듭은 지어지지 않는다.

 그렇다고 매 순간순간을 행복에 관한 질문만을 던지며 산
것은 아니다. 어떤 날은 '내가 행복한 걸까'라는 질문을 잊
게 만드는 날들도 있었다. 그게 지금 생각해 보면, 질문을 잊
어버릴 만큼 즐거운 시간이었다. 내가 사랑하는 사람과 웃고
떠들면서, 낯선 곳에서 드넓은 수평선 너머로 지는 해를 보
면서, 눈으로 보아도 예쁘고 달콤한 음식을 먹으면서, 나는 '

내가 행복한 걸까'라는 질문을 하지 않았다.

 행복에 대한 질문은 꼭 내가 어떠한 선택의 갈림길에 섰을 때만 찾아왔다. 꿈을 이루는 것이 행복할까, 돈을 많이 버는 것이 행복할까, 타인의 말대로 살아야 행복할까, 나 하고 싶은 대로 살아야 행복할까. 그렇게 보면 행복은 '천국'이 아니라 '도피처' 같다. 누리고 싶은 곳이 아니라, 냉혹한 삶에서 벗어나고픈 발버둥에서 비롯된 걸 보면.

 그렇다. 완벽하고 절대적인 행복은 없다. 우리는 끊임없이 행복을 갈구하고, 꿈꾼다. 지금 내가 보내는 하루들이, 처절하게 사는 타인과 비교해 보았을 때 조금 더 나은 삶이라고 할지언정, 당장 나는 행복하다고 느끼지 못하기 때문이다.

 완벽한 행복을 꿈꾸면, 지금이 불행하게 느껴진다. 소소한 것에 감동하던 순간들도 '고작 이것 밖에'라는 생각이 든다.

 반드시 성공한 행복을 누리겠다고 스스로를 압박하지 말자. 나를 탓하기 전에, 내가 어디쯤 서 있는지 돌아보자.

 어쩌면 진짜 나는 천천히, 느리게 걸어가고 싶은 건지도 모른다.

 햇살이 토닥여 주는 하루 끝에 걸린 질문들. 정답이 없는 그 질문들이 입가에 맴돌고 있었지만, 사실 오늘날의 난 그 누구보다도 찬란한 햇빛을 등에 업고 있었다. 행복은 완전하지도, 그렇다고 불완전하지도 않은 것이다. 행복의 기준이 모호하고, 개인에게 어떻게 적용하느냐에 따라 변질할 수 있으므로.

 행복을 끊임없이 생각하다 보면, 오히려 길을 잃게 된다. 목표를 이뤄야만 행복할 수 있을 거라고 생각했던 것들이, 목표를 이뤄나가는 과정에서 길을 잃는다. 마치 바다 위에서 파도를 만난 한 척의 작은 배처럼. 삶이 배처럼 뒤집히고, 또는 해일을 만나, 고통인지 눈물인지 모를 슬픔을 토해낼 것이다. 그 처절한 상황에서도 끊임없이 행복을 추구하게 될 우리들.

 '행복이란 무엇일까?'

 지금 생각해 보면, 행복은 형언할 수 없는 형태인 것이었다.

 행복해지겠다고 조급하게 내달리지 말자.
 어쩌면 행복은 멀리 있는 게 아니라, 내 주변에 있을지도 모르니까.

 천천히 걷자.
 마음에 여유를 만들자.
 행복은 내 곁에 있다.

타인에게 행복할 권리를 맡기지 말 것

어떤 어른은 곤경에 처해 있을 때, 자신보다 더 큰 어른을 찾아가기 마련이다. "이제 다 컸다"고 말하는 더 큰 어른은, 왠지 나보다 세상을 더 많이 알고 계실 것만 같았다. 그래서 어떤 날엔, 아주 가벼운 고민거리도 깊이 생각하지 않고 먼저 다가가 터놓곤 했다.

어찌 보면, 타인에게 나의 고충을 쉽게 털어놓는다는 건, 괴로움 없이 빨리 이 문제점을 해결하고 싶은 나의 '욕심' 때문은 아니었을까? 나는 이따금 아무에게나 힘듦을 털어놓던 날들을 떠올리곤 했다. 그때 나는 왜 그렇게도 부지런히 타인에게 조언을 구했을까, 그리고 또 그들은 어떻게 나에 대한 문제점을 쉽게 진단하고 판단할 수 있었을까?

몇몇 사람들은 타인의 인생에 쉬운 조언을 건넨다.

현실은 냉혹하다.
어려운 길이다.
꿈꾸지 말아라.
맞서지 마라.

언젠가부터 "안정적으로 살아야 한다"는 큰 어른들의 목소리에, 스스로 내 눈을 가리기 시작했다. 꿈에 맞서 사는 것만이 옳다고 여기던 날들. 그런 날들에 이러한 타인의 목소리는 내게 더 이상 희망찬 조언이 되지 못했다. 부정적인 조언들이 모여 내 안에 거대한 두려움을 만들었다.

현실이 날 밀어내면 어떡하지?
힘든 길을 택하는 게 맞을까?
삶도 벅찬데, 꿈은 사치인가?
안정적인 삶을 사는 게 정답인가?

사람들은 타인의 인생에 쉽게 간섭하고, 관여하고, 강요한다. '실패할 것이니 가지 마라'고 결정해 준다. 그러나 그것은, 평생 단 한 번도 도전해 보지 못한 파도를, 눈부신 물결의 빛깔을 마주하지 말라는 말과 같았다.

나는 내 안에서 잠식하는 두려움과 맞서 싸우면서도, 현실에 굴복하지 못하는 나의 욕심을 인정하지도 않은 채, 부족한 나 자신을 탓하기에만 급급했다. 현실을 받아들이지 못하는 내가 어딘가 모자란 사람처럼 느껴지기도 했다. 혼자 가슴 아파하고, 혼자 울면서도 끝까지 내가 가고자 하는 길에서 누구보다도 반짝이는 사람이 되고 싶어 했다.

꿈을 향한 여정은 확실히 고달팠다. 나와 함께 가는 이는 처음엔 동료로 시작해도, 결국 선의의 경쟁자가 되기도 했다. 외로운 싸움을 해야만 하는 꿈꾸는 자들에게, 타인의 부정적인 조언이 큰 도움이 될까? 우리 모두 인생을 완벽하게 살아내지 않았는데, 모두 각자의 방식대로 삶을 살 뿐 아닌가. 모두가 미완의 삶을 살아가는 중인데, 왜 나는 누군가에게 계속 조언을 구하며 나 스스로 상처를 입혔을까?

내가 뱉은 고민이 부정적인 조언으로 돌아온다고 할지라도, 나에게 필요하지 않은 말이라면 꼭 주워 담아 들을 필요가 없었다. 결국 내가 직접적으로 경험하지 않는 한, 수많은 말들은 그저 스쳐 지나가는 바람에 불과했다. 타인의 조언이 나에게 깊게 스며들지도 않는데, 이해하지 못한 조언을 두고 군이 스스로 상처입힐 필요가 없었다.

인생이니까. 각자가 짊어지고 가는 삶이니까.
선택하는 것도 스스로 할 수 있게 해주자.
실패하면 어떻고, 정체돼 있으면 어떤가.
아무도 나를 믿지 못할 때, 나만큼은 나를 존중해 주자.

타인의 인생을 너무나도 쉽게 얘기하고, 정하는 사람들의 목소리에 조심하자. 쉽다는 것은 그만큼 가볍고, 신중하지 못할 때가 많다.

1%의 성공률과 99%의 실패율이 있다 하더라도, 내가 그 1%가 되지 말라는 법은 없다. 할 수 있다. '최고'가 될 수 없더라도, 내 인생에 '최선'을 다한다면 내가 원하던 그 어떤 것에 가까워질 수 있다. 타인의 행복을 강요하지도, 내 행복을 누군가의 조언에 따라갈 필요도 없다. 내 행복은 내가 스스로 찾아가면 되니까.

나는 할 수 있다.
누군가의 강요에 의해 정해진 항로로 가지 않더라도 내 인생은 충분히 찬란하고 아름다울 수 있다.
그렇게 내 인생을 나에게 걸어보고, 나를 믿어보자.

더 잘 살기 위한 고민

"그렇게 간절하면 그만두고 공부하면 되잖아?"
누군가 그랬다.
"정규직에, 한 달에 한 번씩 따박따박 돈 들어와, 퇴직 보장
돼, 안정적이야, 너 지금 그래서 그 생활에 물들어 있는 거
아냐? 네가 정말 꿈이 간절했다면 그 모든 걸 다 집어던지고
뛰어들었겠지. 네 꿈이 다 식어버린 거야, 너 그런 거야."
그 말에 갑자기 마음이 울컥, 치솟았다.
발가벗겨진 채 뜨거운 모래사장에 내던져진 느낌이 들었다.

'원래 난 겁쟁이였던 걸까.'
심장이 덜컥 내려앉았던 마음을 추스르고 나자
그 질문에 반박하고 싶었다.

'다른 사람의 인생이라 그렇게 쉽게 말하는 것이 아니냐'고.

게임처럼 캐릭터 목숨이 세 개라 여러 번 살 수 있다면,
그래서 갖은 시행착오에도 아랑곳하지 않을 수 있다면,
'괜찮아, 다시 시작하면 돼'라며 전원을 끌 수 있다면,
애초에 고민조차 하지 않을 문제였다.

물음에, 나는 대답한다.
"지금보다 더 잘 살기 위해서 고민하는 거야."

적극적으로 달려들지 않는다고 간절하지 않은 것이 아니다.
고민이 깊어진다고 겁먹지 말자.
결단력이 없다고 자책하지 말자.

단 하나의 삶을 살고 있기 때문에
신중해지는 것은 당연하다.

비가 내리기 직전의 온도

1.

늘어지게 늦잠을 잔 것도 꽤 오랜만인 것 같다. 평소 아침 일곱 시 반에 일어나던 직장인이 아홉 시까지 늦잠을 잘 수 있다니. 생각만해도 마음이 평안해진다.

엊그제 아침부터 시작된 인후염 때문에 밤새 고생을 하고, 삼 일만에 맞이하는 상쾌한 아침이었다. 역시 아플 때는 더 심해지기 전에 바로 병원에 가야 한다.

침을 삼킬 때마다 편도가 찢길 것 같던 고통은, 하루 세 번 나눠먹는 약으로 한방에 이겨낼 수 있게 됐다. 어쩌면 이 시대에 내가 향유할 수 있는 최고의 사치일 것이다. 덕분에 나는, 인후염으로 고생하지 않으려고 약사가 정해준 시간에 꼬박꼬박 알약을 삼켜야 했다.

약을 먹기 위해, 아침밥을 차린다. 엊그제 냉동해 둔 밥을 전자레인지에 데우고, 전날 장 봐온 장조림과 소시지를 꺼내고, 깻잎지와 김치도 꺼낸다. 언젠가 건강검진을 받았을 때, 단백질이 부족하다고 했던 말이 떠올랐지만, 그것은 두유 같은 것으로 대체해야지 하며 '두부를 사 올까' 하는 마음을 방구석에 내팽개친다.

적당히 아침을 때우고 다시 이불 위에 몸을 던진다. 창밖, 시꺼먼 먹구름을 보니 오늘 꼭 비가 올 것 같다. 일기예보는 오늘 오후에 비가 올 거라고 했다. 아, 카페에 나가서 책을 읽고 싶었는데, 어쩌지. 그렇게 이불 위에서 외출 고민으로 두어 시간을 허비하다 벌떡 일어났다. 나의 황금 같은 주말을 이불 위에 늘러붙이고 싶지 않았다.

부랴부랴 씻고, 양치하고, 옷을 갈아입고, 화장을 한다. 시간은 초고속 전철에 올라탄 듯 재빠르게 달려, 어느덧 열두시에 다다랐다. 약 먹을 시간이다. 아침 먹은 게 아직 소화가안 되서 밥 생각이 없었지만, 또다시 점심밥을 차린다. 꾸역꾸역 목구멍으로 밥을 넘기고, 점심 약을 챙겨 먹는다. 아침에 삼켰던 일곱 개 남짓의 알약에 비하면, 점심에 삼키는 알약 두 개는 감사할 일이다.

주말의 외출은 행복하다. 특히나 홀로 하는 산책이라면 더할 나위 없이 좋다. 과하지 않은 꾸밈과 적당한 걸음 속도와 더불어, 혼자만의 자유를 만끽할 수 있는 점, 마음껏 음악에 심취할 수 있는 점은, 혼자일 때만 누릴 수 있는 호사다. 노래를 들으며 흥얼거린다.

먹구름은 여전히 하늘을 뒤덮고 있다. 비가 오기 직전은 상당히 포근하다. 특히나 겨울과 봄 사이에 끼어있는, 봄비가 내리기 직전의 날씨는 카디건 한 장만으로도 충분하다. 앞으로도의 날씨가 주욱 이랬으면 좋겠다.

거리에는 사람들이 꽤 많다. 사람들의 차림새는 풀린 날씨만큼이나, 가벼워 보인다. 중고등학생들은 치마 길이가 짧아졌고, 스타킹도 내던져 버렸다. 남자들은 패딩 대신 코트를 단정하게 입고 있다.

꽃피는 봄이 오면, 남녀 모두 한결 가볍고 산뜻한 차림으로 서로 팔짱을 끼며 걸을 것이다. 짝을 지어 걷는 모습이 그저 보기 좋은 그림이다. 곧 다가올 봄이 기다려진다.

카페에서 커피를 주문하고 책을 꺼낸다. 요즘 상식이 없다고 느껴져, 요즘은 책을 닥치는 대로 읽어보려고 한다. 철학이 어렵게 느껴지는 것은, 그저 지나칠 수 있는 삶과 사고를 촘촘히 쪼개어 면밀하게 분석하기 때문일 것이다. 내게는 생각을 쪼개서 고심할 만큼의 세심함이 없다. 그래서 철학을 읽으면, 이해가 되었다가도 왠지 모르게 답답해짐을 느낀다. 왜 이렇게도 세상을 복잡하게 생각해야 하는 걸까. 그래서 왠지 철학이라는 것은, 여유가 넘칠 때 할 수 있는 마음의 사치 같다고 느껴진다. 사실 먹고사는 문제에 직면하다 보니, 어떤 방향으로 살아야 옳은 것인지 제대로 깨닫지 못하는 경우가 많다. 나 또한 삶을 돌아볼 여유가 없다. 그래서 철학이

멀게만 느껴지고, 어렵게만 보이는 것일지도 모른다.

커피 한 잔을 비우고 나니, 어느덧 날이 저물었다. 여섯시쯤 되었다. 문득 집에 떨어진 생필품 몇 가지가 생각났다. 저녁도 먹어야 하고, 장도 봐야 하니 일어나기로 한다.

해가 떨어졌으나 날씨는 여전히 포근했고, 하늘엔 별과 달이 보이지 않았다. 여전히 먹구름이 끼어있는 듯했다. 저녁시간 거리는 낮보다 더 붐볐다. 옷차림은 낮보다 더 가벼워졌다. 일요일임에도 술집에는 사람들이 있었고, 오락실에는 학생들로 북적북적했다. 나는 간단하게 생필품을 사고, 집으로 돌아가는 길에 슈퍼에 들러 요플레 묶음을 샀다.

집에 돌아와 저녁상을 차리고 밥을 먹는다. 그때쯤 되자 하늘에서 천둥번개가 친다. 번뜩이는 하늘과 쏟아지는 빗줄기와 깨질 것 같은 천둥소리가 온몸을 쭈뼛하게 만든다. 비 내리는 날은 내가 좋아하는 날씨인데 이상하게 오늘은 천둥번개 때문인지, 조금 무섭게 느껴진다. 평소보다 노트북의 노랫소리를 좀 더 크게 키운다. 번쩍이는 창문 밖을 바라본다. 비가 오기 직전의 날씨는 포근했지만, 먹구름의 포근함 뒤에는 이런 악랄한 모습이 있었다. 가슴을 쓸어내리며 노트북 앞에 앉았다. 그 뒤로, 지금 이 일기를 썼다.

번개가 한바탕 훑고 지나간 창밖은 젖은 도로를 내달리는 차 소리로 가득하다. 천둥이 들쑤시고 간 마음에, 왠지 모를 공허함이 들어찬다.

2.

이십여 년 살아온 날들보다, 앞으로 팔십여 년을 더 살 것을 생각하면, 내가 산 날이 아주 작고 연약하다는 것을 안다. 그러나 이런 나의 삶도 하루씩 켜켜이 쌓여 지금의 나를 만들었다. 나의 지난 하루들, 그리고 순간들을 떠올려보면 나의 날씨는 늘 먹구름이 끼어 있었던 것 같다.

비가 오기 직전의 날씨는 후텁지근하다. 습기가 가득 찬 날이면, 감정에 쉽게 흔들리고 요동치곤 했다. 비가 내리기 직전의 어떤 날은 온몸이 찝찝해서 화도 났지만, 또 어떤 추운 계절은 그 순간이 포근하게 느껴지기도 했다. 비가 내리기 전의 온도는 늘 비슷했는데, 내가 어떤 계절에 서있느냐에 따라 달리 느껴진 것이다.

목표를 따라가다 보면, 어느 순간엔 결과를 보지 않아도 알 것 같은 때가 있다. 그때 내가 어떻게 생각하느냐에 따라 결과를 마주하는 기분도 달랐다. 어떤 비는 나에게 불쾌함을 주었지만, 또 어떤 비는 나에게 행복을 안겨주었던 것처럼.

생각해 보면 인생에 비가 내린다고 해서 마냥 우울하지만은 않았다. 왜 비가 오면 하늘이 우는 거라고 생각했을까? 그 울음도 때론 참다못해 터진 감정의 축복이었을 수도 있었는데 말이다.

주말의 끝자락, 밥솥에서 뿜어져 나오는 김을 본다. 텅 빈 것 같던 마음 한편이 밥 짓는 냄새로 가득 찬다.

수고했어, 올해도

언제나 숨 가쁘게만 달려왔던 시간이었어.

현기증으로 눈앞을 하얗게 메워도, 그저 그렇게 살아야 하는 것인 줄 알았어. 옳고 그르다는 판단 없이, 당연히 해야 하는 것들 때문에 나는 사실 아직도 내가 그동안 의미 있는 하루들을 보내왔는지 잘 모르겠어. 빠르게 달아나는 것들, 비상하는 사람들 사이에 내가 있어. 이제는 좀 걸을 법도 한데, 주변의 것들에 뒤처지게 될까 봐 멈추지 못했어. 아빠가, 엄마가, 내가 사랑하는 사람이 뒤에서 천천히 걸으라고 외치는데 그 소리를 외면했어. 응, 나는 있지. 듣고도 듣지 못한 척, 보고도 보지 않은 척 흘려보내야만 했어.

한 해를 돌아보는 것이 사치스럽게 느껴져. 이제는 아니까. 1월 1일이 새해가 아니라, 그저 12월 31일의 다음 날일 뿐이라는 걸. 어떤 날에 의미를 두지 않게 되었다는 건, 덤덤하게 되어 버렸다는 건, 삶에 익숙해진 어른이 되어버렸다는 뜻 아닐까? 그래, 벌써 우리 어른이 되었어.

달려오는 동안 수많은 것을 잃어버렸어. 그래서 내가 사랑하는 사람들과 멀어졌고, 심장은 연약해졌고, 체력은 쇠약해졌어. 이제는 커다란 느티나무 아래 두 발 뻗고 편하게 쉬고 싶은데, 사실 쉬지 못하겠어.

겁이 났거든. 드러눕는 순간 모든 것이 끝나버릴 것 같아서. 나는 마치 보이지 않는 죽음으로부터 도망치는 것 같았어. 인생에서 가장 중요하게 생각했던 건 어쩌면 '꿈을 이룬 나'가 아니라, '영혼을 죽게 내버려두지 않는 것'일지도 몰라.

있지. 시작은 '힘차게' 였으나, 지금은 '지쳐 버린' 달리기가 되었다고 슬퍼하지 말아줘. 너도 수많은 군중의 틈바구니에 끼어 숨 가쁘게 뛰어왔잖아. 거기서 동료를 만났고, 응원하는 법을 배웠고, 이겨내는 법을 배웠잖아.

나는 있지. 지금은 쉬는 게 두려워 몸서리치지만, 어느 날부터는 일에 미쳐서 뛰지 않으면 안 되었던 때가 그리워질 것 같아.

영혼을 갈아 넣는 하루가 불행하게 느껴진다면 말이야.
오늘을 행복하게 살 생각만 하자.
행복한 하루가 쌓이면, 행복한 인생이 될 거야.

2장

위로를 삼키고,
다시

비우고 살아서 없는 줄 알았는데
나도 모르게 감추고 덮어온 것이 있었다.

"엄마, 나 정말 열심히 살고 있거든?
근데 너무 힘들어. 그만두고 싶어, 다."

"그래? 그럼 그만두고 집으로 와.
너 좋아하는 아귀찜 해 먹자."

그 말이 진심이 아니었대도
나는 퍽 울고 싶었다

불안한 밤

불안한 밤에는 이유가 있어요.
켜켜이 쌓여있던 고민과 걱정들이 살랑 불어온 바람에 허공
으로 떠오른 시간이죠.
내일은 좀 더 나아질까, 좀 더 시간이 흐르면 괜찮아질까.
걱정이 많아서 불안해지고, 불안해지면 이 새벽이 견딜 수
없게 돼요.

잘 됐으면 좋겠는걸.
이번만큼은 좋은 일이 있었으면 좋겠는걸.

누군가에게 털어놓을 수도 없어요.
벌어지지도 않을 일에 쓸데없는 생각을 한다고요.

왜 그렇게 복잡하게 생각하냐고,
되레 나를 바보 같다 여길지 몰라요.

그렇죠.
어쩌면 일어나지도 않을 일일지도 모르고,
굳이 심각하게 생각하지 않아도 될 일일지도 몰라요.

그런데 생각이라는 것은,
결국 내가 좀 더 잘 살 수 있게 만들어주는 것 같아요.

쓸데없는 생각이라도,
앞으로 벌어지지 않을 터무니없는 걱정 따위라도

여러 가지 생각을 한다는 것은
어떤 일에 대비한다는 것의 다른 말이죠.

고민이 많은 밤이고,
그래서 머리가 아픈 새벽이 될지도 몰라요.

몸과 마음이 걱정으로 가득 차선,
피폐해지는 시간이 될지도 몰라요.

그래도 괜찮아요.

당신이 어떤 생각을 하든,

어떤 고민에 빠지든 그 일은 결국 잘 풀릴 거예요.

당신이 걱정하는 것만큼,

당신이 신경 쓰고 있는 것만큼

그 일은 당신의 인생에서 중요한 일일 테니까요.

괜찮아요.

모든 게 당신을 향해 있어요.

이 어둠, 이 새벽, 이 별들.

오롯이 당신만의 밤, 당신만의 시간이라도 해도 좋아요.

맘껏 쓰고, 향유해요.

이 밤만은 당신의 것이고, 당신의 편이니까요.

겨울의 울음

당신의 창가에선 언제나 겨울의 울음이 들렸어요.

웃으며 괜찮다고 말하는 입술에도, 반짝이는 눈빛을 감추는 시선에도 소리가 들려요. 당신의 꽁꽁 언 유리창에 새하얀 흔적을 남기고 글자를 써도 울음은 멎지 않죠. 보이는 슬픔을 어떻게 감출 수 있나요. 창가를 뒤흔드는 당신의 울음을요.

공감과 치유를 읊조리던 당신의 입술이 언젠가부터 얼어붙기 시작했어요. 비단, 겨울이라는 계절이 성큼 다가왔기 때문만은 아닐 거예요. 당신은 어린아이가 아니라는 말로 입술을 다물었고, 어른답게 행동해야 한다는 다짐으로 몸을 묶었죠. 활기찬 봄의 계절엔 지저귀는 새처럼 마음대로 떠들 수 있었는데, 이상하죠. 봄의 계절은 순식간에 달아나 버렸고, 당신은 찬기 어린 겨울의 창가 앞에 앉아 따스한 그날의 봄을 회상하고 있으니까요.

 가슴속에서 울고 있는 당신의 울음은, 마치 겨울의 창가 같아요. 나의 입김으로 당신의 계절이 조금 누그러졌으면 좋겠는걸. 닿지 못한 입김이 그저 창문 앞에 하얗게 상흔을 남길 뿐이죠. 창에 입을 맞추고 어루만진들 얼어버린 당신의 마음을 어찌 녹일 수 있을까요.

 어떤 것이 당신의 슬픔을 잠재울 수 있을까요.

 마음의 문을 열고 주변을 둘러보세요. 아무도 당신을 깨울 수 없다고 단언하지 말아요. 차가운 계절에 맞선, 당신을 바라보는 수많은 사람을 봐요. 함께 눈보라를 맞으며, 매서운 바람을 이겨낼 준비가 되어 있는, 당신을 사랑하는 사람들을요. 앞으로 냉혹의 계절에서 벗어날 수 없다고 해도, 언제나 당신 곁에 있을 거예요. 아리고 아픈 계절이라도, 당신 곁을 떠나지 않을 거예요.

 마음의 창을 열어줘요. 창가 앞에 앉아, 사랑하는 이들의 온기를 품어주세요. 당신의 울음을 들으며 그들이 눈물짓지 않게. 당신과 이 긴 겨울의 계절을 함께 이겨나갈 수 있게 말이에요.

나의 독백
〰️

 힘들다 말하면, 세상이 바뀔 줄 알았다.

 누군가에게 답답한 마음을 털어놓으면 조금은 가벼워질 줄
알았다.

 이젠 괜찮아, 아프지 마, 다 잘 될 거야.

 이런 말들이 위로가 된다고 생각했다. 악착같던 세상도 나
아질 것이라고 생각했다.

 그러나 세상은 조금도 덜어지지 않았다. 힘들다고 말하
면 그래도 누군가는 내 마음의 소리에 귀 기울여줄 줄 알았
다. 누가 내 마음 알아줄까, 누가 내 어깨를 따뜻하게 안아줄
까…. 답장을 기다리던 나의 소망은 어느 샌가 독백이 되어
입가를 맴돌았다.

 긴긴 침묵이 흘렀고, 나는 마침내 나의 독백들을 나의 바다
판판한 수평선 너머로 밀어 보냈다. 독백에 담겨있던, 나의

삶에 대한 애증이 내게서 천천히 멀어졌다. 나의 삶을 미워하는 일이 너무나 익숙해서, 나와는 떨어질 수 없는 내 성격이나 기질인 줄로만 알았다. 이렇게 천천히 바다로 띄워 보내면 되는 걸, 이렇게 쉬운 일인 걸, 나는 여태 깨닫지 못했다.

애써 웃으며 지냈다. 어릴 적엔 수도 없이 자지러지게 웃던 날들도 있었는데 말이다. 살다가 어쩌다 가끔, 지난 날 추억을 함께한 친구를 만나게 되면, 그때야 다시 웃음을 찾곤 했다. *맞다, 나 이렇게 웃을 수 있는 사람이었지.* 그때 잠깐 깨닫고는, 다시 나는 잿빛의 현실로 되돌아오곤 했다.

사회에 첫 발을 내딛으며 마주한 현실은 잿빛 그 자체였다. 현실에서는 위로도 칭찬도 인색해서, 언젠가부터 나는 따뜻한 말조차 위선으로 여겼다. 어른이 되어가는 과정이, 나에게는 마치 내 어린 날의 순수함을 떼어다 파는 순간들 같았다.

나는 현실을 닮아 점점 잿빛에 물들어갔다. 힘내라고 말하는 이의 다정한 목소리에도 공감하지 못했다. *네가 나 아픈 것에 대해 얼마나 안다고, 힘내라고 하는 거야?* 비틀고 꼬아진 마음을 품어 바싹 메말라가기 시작했다.

단지, 단단해져가는 과정이라고 생각했다. 굳센 어른이 되기 위해서는, 내 마음을 말랑하게 만들 따뜻한 위로를 흡수하지 않아야 한다고 생각했다. 나는 혼자 있으려 애를 쓰다가도, 또 어떤 날엔 혼자가 되고 싶지 않았다. 연약하고 말캉

이는 마음은 단단한 바위가 되고 싶었다.

 하지만 강인해지려 스스로를 몰아 세울수록, 나는 낭떠러지에 서서 어쩔 줄 몰라했다. 기댈 곳이 없어서, 이러다간 죽을지도 모르겠다는 생각이 들었다. 차가운 현실을 마주하기엔, 내 안에 이상이 너무나 따뜻했다.

 그랬다. 나는 그저 어른행세를 하고 싶어하는 아이에 불과했던 것이다.

 삶이 무의미하다고 느낄 때 즈음, 나는 메마른 우울감을 안고 뒤를 돌아보았다. 그리고 나는 두 눈이 동그래졌다. 사랑하는 이들의 눈빛이, 반짝이는 바다 위에 띄워져 있었다. 마음의 문이 굳게 닫혀 있어서, 따뜻한 위로들은 바다에서 헤매고 있었다.

 사랑과 위로를 그 자체로 보지 못했던 건, 단지 내가 어린 마음을 가졌기 때문은 아니었다. 너무 빨리 어른이 되고 싶은 욕심 때문에, 오히려 내가 사랑하는 이들의 목소리를 외면해왔던 것이다.

 "언젠가 나도 너만큼 아팠던 때가 있었어."
 "그러니까, 나는 너 혼자 두지 않을 거야."
 "나는 언제나 네 곁에 있을거야."

 출렁이는 파도에 쓸려온 목소리는 다정했다.

나는 바닷가에서 아름다운 마음을 주웠다. 단단한 어른이 되는 과정이라고 여겼던, 나의 잿빛 감정을 바다에 띄웠다. 동동거리며 멀어져가는 잿빛 감정. 우울감, 열등감, 꿈 따위의 모든 것들. 한때는 소중하다고 생각했던, 지난 날 나의 욕심들.

품고 있던 것들을 비워내서 허전할 줄 알았는데, 내 마음은 오히려 편안해졌다. 복잡하지 않았고, 나는 마침내 자유로워졌다.

슬픔으로

그런 날들이 있었다.

내가 생각하는 것들이 옳은 것인지, 인생을 맞게 사는 것인지 방향을 잃었던 밤들. 눈물로 새벽을 거닐고, 새벽의 그림자 위에서 일어나야만 했던 아침들. 정답이라고 생각했던 것들이 틀어졌다고 느낀 순간, 더는 걸음을 내디딜 수 없었다.

슬픔의 반대는 기쁨이라고 했던가. 슬픔의 긴 밤 동안 흘린 눈물은, 명확한 듯 했던 목표도 흐리게 만들었다. 열심히 살아야 하는지, 그냥 흘러가듯 살아야 하는지 방향을 알지도 못한 채 헤맸다. 헤매는 내 모습이 못마땅하고 어리석게 느껴져, 밤새 눈물을 흘렸다. 이렇게 어정쩡하게, 갈팡질팡하며 살기 싫었다. 슬픔에 희석된 내 열정의 농도를 더 짙게 만들어줄 것이 필요했다.

미지근한 열정의 온도, 순수함을 잃어가는 탁한 꿈. 이십대의 중반에서 나는 현실과 이상 사이에 고민했다. 현실 쪽으로 몸이 기울 때면, 나는 금새 우울해지곤 했다. 이제 나에게는 꿈을 향해 달려갈 수 있는 힘조차 시들어져 가고 있는 것이 분명했다.

그렇다고해서 이렇게 늘 우울해있을수만은 없었다. 우울감을 지워버리고, 나는 또다시 나 자신과 싸우며 일어나야만 했다. 나의 우울감을 지우기 위해서, 또는 스스로와 싸울 힘을 키우기 위해서는 보이지 않는 힘이 필요했다.

나는 눈물 젖은 얼굴을 해서는 늦은 밤, 친구에게 전화를 걸었다. 나의 목소리에 놀란 친구는, 3시간 가량 멀리 떨어진 타지에서 막차를 타고 내게 달려왔다. 그리고는 우린 밤새 술을 마셨다.

학창시절 때의 추억을 되살려 노래방에도 갔고, 두 주먹을 그러쥐며 시원하게 욕도 했다. 슬픔에 관한 이야기는 일절 하지 않았다. 그날은 친구도 나도, 마치 세상에 대한 고민이 없던 어린아이로 돌아가 즐겁게 놀았다.

친구와 한참 즐거운 시간을 보낸 뒤. 새벽이 깊어지자, 우리는 각자의 집으로 돌아갔다.

집에 잘 들어갔어? 다행이다. 나도 이제 곧 집이야.

전화기 너머로 친구의 아쉬운 목소리가 들렸다.

그러나 나는 전화를 끊자마자, 텅 빈 엘리베이터에 혼자 들어서자마자, 어두침침한 오피스텔 복도를 거닐자마자, 어쩐지 또다시 울적한 기분에 사로잡혔다.

덤덤한 척 현관 비밀번호를 눌렀다. 신발을 벗으려 발뒤축을 밀어냈다. 잘 벗겨지지 않는 운동화. 눈앞이 뿌옇게 차오르기 시작했다. 분명 괜찮았는데, 아까까지만 해도 좋았는데. 코끝이 찡해졌다. 그러다 신발장 옆 거울에 어른거리는 내 모습을 발견했다. 신발을 벗으려 숙인 허리, 삐죽삐죽 나온 잔머리, 반쯤 번져있는 화장 그리고 울음이 터지기 일보 직전의 얼굴.

겉옷을 벗지 못한 채, 두 손으로 얼굴을 감쌌다. 불현듯 무서워졌다. 또 망망대해 같은 새벽길을 혼자 거닐게 될까 두려운 마음과, 내일은 또 어떻게 버텨야 할까 막막한 마음과, 결국 혼자선 아무것도 해내지 못하리란 내일의 나에 대한 불확신.

왜 나는 혼자서는 힘듦을 견뎌낼 수 없는 걸까.
왜 나는 내일이 두려운 걸까.

슬픔 위를 훑고 간 기쁨은 내게 허망함을 버리고 달아나 버렸다.

앞으로도 계속 이렇게 망가진 채로 살게 되면 어떡하지?

미래에 대한 두려움보다, 다시는 예전처럼 당당하게 달려가지 못할 것이란, 다시는 활짝 웃지 못할 것이란 걱정들이 더 괴롭게 만들었다. 점점 무거워지는 머리처럼 나도 자꾸만 땅 속으로 꺼져갔다. 힘없이 퍼지는 눈물처럼 그렇게 나도 얇게 짓눌리고 있었다.

웃으면 조금 나아질 줄 알았는데. 친구를 만나 한 번 털어내 버리면 괜찮을 줄 알았는데. 나는 여전히 불안했다. 이런 슬픔을 어떻게 하면 쫓아내 버릴 수 있을까. 어떻게 하면 좀 더 좋은 생각만 할 수 있을까.

'시간이 흐르면 괜찮아질 거야, 괜찮아질 거야.'

그건 마치 주문처럼 마음속에 새겨지기 시작했다.

불안감에 휩싸였던 때, 나는 바다 위를 떠도는 유령선처럼 지냈다. 시간은 정말 우울감에서 벗어날 수 있게 해 주었으나, 그때 고민하면서 아파했던 마음은 너덜너덜해지고 낡아 져 버렸다. 벗겨지고, 화끈거리고, 아렸다. 그건 이미, 어쩔 수 없었다.

~~~

얼얼한 자국을 남긴 채 살기 시작한 내일들.

오랜만에 옛 친구에게서 연락이 왔다. 친구가 힘들다며, 술 한잔하자고 했다.

"내 인생은 왜 이 모양일까?"

술잔을 단숨에 비운 친구가 먼저 운을 뗐다. 생전 울지 않던 친구가 눈물을 보였다. 사회를 탓하다, 인생을 탓하다, 처지를 탓하다, 결국 자신을 탓했다. 언젠가 그 비슷한 그 아픔이, 그 허망함이 나를 처량하게 만들었기에 나는 그 친구에게 더 이상 힘내라고, 웃으라고 말할 수가 없었다. 지금, 죽을힘을 다해 힘을 내고 있는 사람은 내가 아니라 바로 그 친구였기 때문이었다.

"괜찮아. 다 괜찮아. 울어도 돼."

잘못 사는 것만 같고, 내 인생이 망가져 버린 것만 같은 때. 모두 다 내 잘못이라고 돌을 던질 때, 진정 필요한 것은 웃음이 아닌 울음이었다.

"울지 말고, 굳세게 살아."

우리는 어릴 적부터, 험난한 세상을 이겨내라는 말만 들어왔다. 그래서 무너져도, 무너지는 것이 죄를 짓는 것처럼 느껴졌던 걸까.

서툴지만, 비틀거리면서 잘 나아가고 있어.
인생은 모든 사람에게 다 처음이잖아.
그래서 처음인 오늘 하루를 신중하게 살아가려고 노력할 뿐이야.

슬픔을 슬픔으로 이겨내던 어느 날의 밤. 친구도 나도, 쏟아낸 눈물만큼 마음의 짐을 덜어낼 수 있었던 그 밤이 흘렀다.

소고록(小考錄)

위로를 새기다

안녕, 애들아

늘 꿈을 향해, 앞만 보고 달리는

멋진 친구들이 되길 바라.

나중에 돌이켜보면, 지금의 힘든 순간들도

아름다울 때가 올 거야.

멋지다, 힘내.

어제 오래간만에 대학교 방송국을 찾았다. 속내는 방송국 선배의 결혼식 축의를 대신 전해줄 후배를 만나는 것이었지만, 겉 포장은 그럴싸하게도, 현재 대학교 방송국을 이끌어 가고 있는 현역들을 응원하러 가는 걸음처럼 비쳤다.

버스를 타고 대학교로 향하는 내내, 가슴이 뛰었다. 한 손에 는 후배들에게 건넬 케이크를, 다른 한 손에는 추억을 쥐었다.

졸업하고 난 후, 2년. 나의 청춘의 대부분을 보냈던 그곳을 다시 가려니 가슴이 가만있질 않았다.

~~~

나의 대학 생활은 죽지 않을 만큼의 시간이었다.

표현이 너무나 직설적으로 보이지만, 사실 이것 말고는 그럴싸한 표현이 없다.

방송인이 되고 싶었다. 팍팍한 일상을 보낸 사람들의 마음을 사연과 노래로 주무를 줄 아는 사람. 방송을 마친 후에는 글을 소소하게 쓰며 뒤늦은 등단을 꿈꾸는, 따뜻한 마음을 가진 라디오 PD가 되고 싶었다. 내가 대학교 방송국 생활을 시작한 것도 그 이유 때문이었다.

"아르바이트는 안 돼, 무조건 방송국 활동에만 전념할 수 있어야 해"

나는 그 당시 방송국 선배의 말에 따라 정말이지 "죽지 않을 만큼"의 시간을 보냈다.

낮에는 수업을 들어야 했지만, 학교 행사가 있으면 카메라를 들고 뛰어다녔다. 아침, 점심, 저녁 교내방송에 맞춰 멘트를 쓰고 읽어야 했다. 낮에 찍은 학교 행사를 영상으로 편집해야 했고, 가끔은 캠페인 영상이나 창작물들을 제작해야만 했다. 아나운서부, 기술부, 보도부, 제작부. 부서는 사실상 의미가 없었다. 방송국에서 열정이란 이름을 불사르는 사람들은 고작 4명이었다. 덕분에 나는 제작부를 지망했지만, 마이크 앞에 서기도 했고, 편집하기도 했고, 취재를 나가기도 했다. 이런 것들이 내 인생에 얼마나 도움이 될까 의심하지 않았다. 일단 라디오 PD가 되고 싶다는 그 열망 하나로 어떻게든 버티기만 한 것이다. 졸업 후 이력서에 쓰일 단 한 줄, "대학교 방송국 활동"을 위해서.

아르바이트를 할 수 없었기 때문에, 대학교 1학년 땐 정말 배고팠다. 집에서는 한 달에 3만 원씩 용돈을 부쳐주셨지만, 그것으론 책값도 부족했다. 헌책을 물려받기 위해 백방으로 뛰어다녔다. 새 옷을 사 입는 것은 사치였다. 교내 벚꽃축제 때면, 예쁜 원피스를 입고 캠퍼스를 활보하는 친구들을 넋 놓고 바라보기만 했다. 그때 나는 무릎이 늘어난 청바지를 입고, 땀 냄새가 밴 후드티를 펄럭이며 땀을 식혔다.

2학년이 되어 방송국장이 되었을 때는, 죽지 못해 해내야 하는 것들로 넘쳐났다.

국원 수는 10명 남짓으로 불어났으나, 이제는 업무와는 다른 문제가 생겼다. 개인적으로 하고 싶은 것도 많았고 (결국 여전히 글은 놓지 못한 어정쩡한 상태에서), 국장이 되어 이루고 싶은 일들도 많았다.

그러나 막연하게 하고 싶다고 생각했던 일들은, 그 위에 책임을 얹었다. 언제, 어느 날 없어질지 모르는 대학 방송국의 위기를 안고 있었다. 대학 방송국의 명맥을 잇고, 선배들의 기대에 부응할 수 있는 자랑스러운 국장이 되고 싶었다. 하지만 주변의 시선과 기대는, 스물두 살의 내겐 너무나도 막중한 무게였다.

많이 울었다. 울면서 가장 친한 선배에게 힘듦을 털어놓았다. 나 때문에 대학교 방송국의 역사가 사라져 버릴까 두렵다고. 내가 이 국장 자리를 잘 이어갈 수 있을지, 방송국을 잘 지킬 수 있을지 모르겠다고. 선배는 내게 당근을 주는 대신 채찍을 썼다. 사회에 나오면 힘든 것들이 수두룩하다고 했다. 선배는 내가 강하게 일어나기를 바라셨다.

마냥 주저앉아 울고 있을 수 없었다. 이를 악물고, 악다구니로 버텼다. 1학년 때보다 날 새는 일이 수두룩하고, 새벽에 방송국 문을 나서는 일들이 허다했으며, 여전히 나는 방송국에 내 대학교 청춘을 바쳐야만 했다. 그랬지만, 1t의 눈물을 쏟아낼지언정 나는 버텨야만 했다. 왜냐하면 나는, 전통이 있는 한 집단이 사라지지 않게 지켜야 하는 자리에 있었기 때문이었다.

그때 나는, "책임"이라는 무게가 얼마나 막중한 것인지를 깨닫게 되었다.

~~~

오랜만에 들어간 방송국은 생각보다 자그마했다.

모든 것이 거대하고, 크게 보였던 것들. 널찍한 공간이라고 느껴졌던 라디오 스튜디오, 창의적인 편집을 하기 위해 고심

했던 편집실 컴퓨터, 지친 마음에 인디 노래를 들으며 위로를 받았던 콘솔, 충전한 배터리를 카메라에 갈아 끼우며 밖으로 뛰쳐나갔던 문. 뛰쳐나갔던 문이었건만. 몇 년의 시간을 거쳐 나는 뛰쳐나가는 대신, 조용히 문을 두드렸다. 후배들은 발음 연습을 한다며 입가까지 끌어올렸던 나무젓가락을 내려놓았고, 회의로 난장인 수첩을 덮었다.

그래. 이 녀석들도 언젠가의 나처럼, 얼굴에도 잔뜩 피곤함이 어려 있었다. 그러나 그 안엔 밝은 미소도 함께 담겨 있었다.

"얘들아, 케이크 먹을래?"

내가 국장이었을 때 선배는 내게 채찍을 쥐었지만, 나는 차마 그러지 못할 것 같다. 역사를 지켜나간다는 것, 그 무게가 얼마나 막중한지, 얼마나 힘든 자리인지 지금의 나는 잊지 않았으니까.

방송국에는 국원들끼리 서로 메모하며 소통하는 작은 소고록이 있다. 오랜 세월부터 전통을 이어왔던 소고록. 나는 그 소고록에, 작은 응원의 글귀를 새겨 넣었다.

나중에 돌이켜보면, 지금의 힘든 순간들도
아름다울 때가 올 거야.

지금 내가 후배들에게 할 수 있는, 가장 따뜻한 말이다.

나비

몇 주 전, 친한 동생에게 문자가 왔다.

"언니, 나 일 그만뒀어."

퇴근을 하고 룰루랄라 집으로 향하던 나는 순간 머리에 공을 맞은 기분이 들었다. 놀람과 동시에 심장이 뛰었다. 마음을 가라앉히고 차분히 문자를 읽어 내려갔다. 동생의 문자에는 약간의 비소와 심란함과 개운함이 한데 섞여 있었다. 복잡한 마음이 드는구나. 하지만 많은 말들이 쏟아져도 내가 해줄 수 있는 말은 많지 않았다.

"잘했다. 고생했다."

다만 위로하고 싶었다.

~~

동생은 대학교에 다닐 때부터 아이들을 좋아했다. 그래서 졸업할 무렵에도 유치원을 찾아보겠다고 했다. 평범한 사회 대생이었던 동생은 아동학과를 복수 전공하고, 여러 가지 힘든 여건 속에서도 꿋꿋하게 실습까지 마쳤다. 오롯이 그녀의 꿈을 이루기 위한 과정이었다. 그러나 나는 조금 염려가 되었다.

"유치원 선생님 정말 힘들대."

어디선가 들은 카더라에 의하면 유치원 선생님은 박봉에, 텃세에, 힘들다고 했기 때문이었다.

"그 얘기 나도 들었는데, 근데 지금 안 하면 평생 후회할 것만 같아. 오래된 내 꿈이야."

동생은 꼭 유치원 선생님을 하고 싶다고 했다. 흔들리지도, 겁을 먹지도 않았다.

동생의 얼굴을 보자 나는 내가 처음 문학을 꿈꿨던 때를 떠올렸다. 그래서 더는 말리지 않았다. 해보지 않아서 평생 후회할 바에야, 한 번은 겪어보는 것이 나을 것 같다는 생각이 들어서였다.

동생이 처음 어린이집에 들어가고 나서 몇 달은 연락하기가 힘들었다. 잘 지내고 있는 건지, 그저 그렇게 지내고 있는 건지 알 수 없었다. 그래도 무소식이 희소식이라고 했다. 바쁘게 잘 지내고 있는가 보다, 그렇게만 생각하고 있었다.

그러던 어느 날이었다.

"언니, 나 너무 힘들어."

동생에게서 먼저 연락이 왔다. 동생의 한숨 섞인 목소리가 흘러나왔다. 그 힘들다는 말 한마디에 모든 감정이 녹아 있는 것만 같았다. 마치 참다 참다 터져버린 풍선처럼, 강렬하면서도 한 편으론 맥 빠져있었다. 동생은 울먹이는 목소리로 통화를 이어갔다. 그간 참았던 모든 감정과 분노가 폭발해버린 듯했다.

동생이 처음 들어간 어린이집은 생각했던 것보다 신뢰가 부족한 곳이었다. 아이들도 선생님을 믿지 못하고, 선생님 간에도 믿음이 없는 너무도 불안정한 분위기 속에서 아이들을 돌봐야 한다는 일념 하나로 버텨야 하는 곳이었다. 선생님 수는 턱없이 부족했고, 많은 아이를 돌봐야 했지만 그래도 동생은 힘든 내색 없이 그럭저럭 잘 버텨내고 있었다.

그때, 견딜 수 없는 사건이 터졌다.

"우리 애 몸에 상처가 생겼는데 어쩔 거예요! 예? 이거 그쪽이 때린 거 아니에요?"

최근 어린이집 실태에 대해 몇 건의 뉴스가 터지고 난 이후, 학부모들은 예민해졌다. 눈빛이 날카로워지고, 신뢰가 깨져버린 것이다.

학부모는 담당 선생님인 동생을 의심했다. 동생은 말했다.

"다른 아이들과 몸싸움이 있었는데, 그때 그렇게 된 것 같아

138

요."

"아니, 그 말을 어떻게 믿어요? CCTV 돌려 봅시다, CCTV!"

동생은 순간 가슴 속 서랍 안에 감추고 지켜오던, 작은 마음 같은 것이 부서지는 듯한 느낌이 들었다.

그렇게 일방적으로 피어난 의심의 싹은, 한 부모에게서만 일어난 게 아니었다. 자그마한 상처에, 얼굴이 붉어진 채로 동생을 몰아세워 갔다. 당신이 우리 애 때렸지? 동생은 울음이 터져 버리고 말았다. 동생의 마음속에 부서진 무언가가 채 붙지도 않았는데, 칼날 같은 말은 계속해서 같은 곳만 할퀴고 망가뜨렸다.

선생님의 수는 턱없이 부족했고, 아이들은 많았고, 그래서 그만큼 많은 힘과 노력을 쏟아내야만 했다. 그게 동생으로선, 쉽지 않은 일이었다.

"죄송합니다. 죄송합니다."

아이들의 싸움을 예견할 수가 없었다는 것, 초능력이 없다는 것, 몸이 한 개라는 것이 죄라면 죄였다.

동생은 믿음이 없는 그 현실이 견딜 수 없었다. 놀이터에서 소리를 지르며 노는 아이들의 모습에 소스라치게 놀랐다. 아이들이 좋아서 선생님을 시작했지만, 오히려 선생님을 하면서 아이들이 무서워지기 시작한 것이다.

"그만둘까?"

몇 달 동안 문자를 주고받았다. 내게 여러 번 물어볼 정도로, 동생에게는 신중한 문제였다.

"그 정도 했으면 정말 많이 버텼어. 그만두자."

힘겨운 시간을 보내고 있는 동생에게 내가 해줄 수 있는 말이 많지 않았다.

그 후로도 동생은 스스로 깊은 고민의 시간을 가졌다. 그 시간은 내가 견뎌줄 수 없었다. 오롯이 그녀 스스로가 견뎌야만 하는 시간, 그녀가 성장하는 시간이었다.

"언니, 나 일 그만뒀어."

결국 동생은 결론을 내렸고

"잘했다, 고생했다."

나는 다만 위로하고 싶었다.

~~

나비가 되기 위해서는, 번데기로 웅크려 긴긴 인고의 시간을 견뎌야 한다. 자기 자신과 사투하는 일, 시간이 흐르면 번데기도 비로소 아름다운 날개를 갖는다. 동생은 기나긴 사투 끝에, 아름다운 나비가 되어가고 있었다. 꿈에 실망하고 좌절했지만, 다시 일어날 준비를 했다. 또 다른 새로운 꿈, 다짐을 갖겠다고 했다.

동생은 일을 그만두고 최근 어느 행정직 사무원으로 이력서를 냈다. 곧 면접을 본다. 꿈에 그렸던 유치원 선생님을 꿈꿀 때만큼의 설렘은 조금 덜 하겠지만, 그래도 동생과의 문자에서 조금은 푸근한 여유가 느껴졌다. 그간 여행을 다녀오고, 집에서 휴식도 취해보면서 자신만의 생각을 많이 가진 듯했다. 꿈과 현실을 함께 마주하는 것. 그게 어쩌면 동생에겐 견딜 수 없이 괴로운 시간이었겠지만 다른 한편으론, 후회 없는 선택이었을 것이다.

만약 동생이 어린이집 선생님을 하지 않았다면 어땠을까?

아마 동생의 말처럼 후회하고 있었을지도 모른다.

꿈에 데이는 것은 거창하고 멋진 일이 아니다. 좌절에 굴하지 않고 새로운 무언가를 다시 준비한다는 것, 그것이 정말 멋진 모습이다. 그것은 그 자체로도 반짝반짝 빛이 나는 일이다. 그 멋진 동생은, 또 다른 자신의 꿈을 위해 반짝반짝 빛을 내며 날아갈 준비를 하고 있다.

그런 그녀에게 나는 또, 한마디 건네본다.

너 정말 멋지다! 라고.

모든 순간들

'순간'이라는 녀석은, 나의 숨겨왔던 군살을 쿡쿡 찌르며 다이어트 안 할 거냐고 눈치를 주는 헬스 트레이너를 닮았다.

어쩌면 그렇게 예기치 못한 순간만을 노려 내 마음을 건드릴 수 있을까. 견고하게 다듬어갔던 마음은 그 '순간'의 빈틈으로 무너지고 말았다. 잘 견뎌오고 있다고 생각했다. 누구보다 강인하다고 자신했다. 그러나 그 빈틈. 빈틈이라는 존재는 허망하게도, 곪아 있던 상처를 터뜨리고 말았다.

슬럼프는 사실 언제든 찾아오기 마련이었다. 내게도 슬럼프에 빠진 시절이 있었다. 고등학생 때는 순수문학 때문에, 대학생 때는 방송에 대한 고민 탓에 숱하게도 찾아왔다. 나는 그때 슬럼프를 이겨내는 방법으로 모든 것을 놓아버리는 쪽을 택했다. 그러면 얼마 못 가 좋아하는 일을 다시 찾았다. 불안해서라도 그렇게, 다시 무언가를 붙잡으려 애썼다.

그러나 슬럼프는 좋아하는 일에만 찾아오는 것이 아니었다.

인생이 무의미하다고 느끼게 되면 어떡하지?
삶을 놓아버릴 순 없잖아.

계속되는 낙방, 무너져가는 주변의 기대, 사회초년생으로서 받는 압박과 질타. 자신감은 하락했고, 꿈은 없어졌고, 나는 점점 작은 사람이 되어갔다. 모든 것들이 '순간'으로부터 시작 되었다. 언론고시를 시작하게 된 '순간', 틀린 답안을 작성하던 '순간', 낙방하던 '순간', 부푼 기대와 꿈이 무너지던 '순간', 또다시 시작해야만 한다고 느끼는 '순간'까지. 모든 '순간'들은 반전을 향해 치닫는 드라마나 영화의 클라이맥스처럼 찬란하거나 벅차지 않았다.

모든 것이 절망스러웠다. 꿈을 이루기 위해서 달렸지만, 현실의 벽은 너무나 높았고, 현실은 내가 무언가를 이룰 수 있을 때까지 기다려주지 않았다. 되레 채근하기만 했다. '왜 이 정도밖에 하지 않았느냐'고, '더 열심히, 더 악착같이, 더 치열하게 살아야 한다'고, '그렇지 않으면 뒤처진다'고. 양계장의 닭처럼 구석에 내몰려, 죽을 날만을 기다리는 것 같았다.

그렇다고 지금의 시간에서 도망칠 수도 없었다. 그만둔다고 나아질 게 없었다. 사람들은 성공한 사람들에겐 두 눈을 반짝이며 박수를 쳤지만, 그렇지 못한 사람들에겐 냉랭했다. 그렇게 다들 버텨 가고 있다고 여겼기 때문이었을까.

열심히 살고 싶지 않았다. 열심히 살아 봤자, 또 실패하고, 또 망가질 게 분명했다. 나의 모든 순간이 무너지던 날, 나는 종일 방구석에 처박혀 엉엉 울었다. 도무지 어떻게 살아야 할지 몰랐다. 꿈? 아무리 해도 닿을 수 없는 걸. 글? 아무리 써도 늘지 않는 걸. 공부? 아무리 해도 붙질 않는 걸. 부정적 인 생각들이 겹쳐 시커먼 먹물을 뒤집어쓰기 시작했다.

앞으로 어떻게 살아야 해요?
어떻게 살아야 하는지 알려주면 그렇게 살게요.
도장으로 찍어낸 듯 똑같은 인생이라도
지금보단 편할 거 아녜요.

너무 바보 같은 질문 같아서 누구에게도 털어놓지 못했다. 눈물에 얼룩진 뺨을 닦고, 두근거리는 심장을 움켜쥐고, 난 할 수 없을 거라는 문장만을 되뇌었다.

할 수 없다고 나를 내몰아 갈 때마다, 나는 찬란했던 옛날의 나를 그리워했다. 세상이 예뻐 보이고, 희망차기만 했던 날 들. 긍정적이고 활발했던 대학 시절의 내가 떠올랐다. 졸업 한 지 얼마나 되었다고, 사회 생활한 지 얼마나 되었다고 나 는 벌써 이렇게 변해버린 걸까. 다시 그때처럼 열정에 불타

오르지 못할까 봐, 영영 이런 어둠의 시간에 갇혀 살게 될까 봐 무서웠다. 두려운 마음을 누군가에게 표출하면 "그런 부정적인 생각, 안 하면 그만인데 왜 그래? 바보같이"라는 말이 돌아올까 봐 겁이 났다. 그래, 그런 '부정적인 생각' 따위 하지 않으면 되는 건데, 불안했다. 하루가 흐를수록 마음은 깊은 수면으로 가라앉았다.

~~~

한 달, 혼자만의 세계에 빠져 지낸 어느 날이었다.

어느 날 대학 선배에게 연락이 왔다.

"저번에 넣었던 방송기자 입사 서류는 어떻게 됐어?"

나는 차마 고민하는 것들을 털어내지 못했다.

"이제 방송 준비 안 하려고요. 이직해봤자 똑같을 것 같고, 준비하는 것도 진절머리 나요."

애써 웃으며, 아이 같은 투정만 뱉었다. 선배는 한참 말을 잇지 못했다. 그리고, 천천히, 입을 뗐다.

"많이 힘들지?"

그 말이, 공허하고 침침한 어둠을 깨뜨렸다. 나는 머뭇거렸다.

"그냥, 잘 모르겠어요."

가슴이 울컥했다.

아무도 내게 많이 힘드냐고 물어보지 않았었다.

결국 소나기처럼 울음을 터뜨리고 말았다.

"어떻게 살아야 할지 모르겠어요, 예전에는 기다리면 다시 방향을 찾을 수 있었는데, 지금은 아무리 부딪혀도 안 되잖아요. 현실이 더 비현실적인 것 같아요. 열심히 해도 안 되니까. 이제 뭘 해야 하죠? 무서워요. 다시는 길을 찾지 못할까 봐. 일어서지 못하고 이대로 죽어버릴까 봐."

울었다. 선배는 내 울음에 "그런 부정적인 생각, 안 하면 그만인데 왜 그래? 바보같이"라고 말하지 않았다. "남들 다 그렇게 사는데, 고작 그거 하나 못 견뎌서 어떡해?"라고 말하지 않았다.

"많이 힘들었겠다."

선배의 말이 커다란 손이 되어 내 어깨를 토닥였다.

~~~

하루가 생경하고, 갑작스러운 모든 시간. 누군가의 인생 틈바구니에 끼어, 살기위해 발버둥 치는 시간. 충분히 알고 있다, 지금 내 인생은, 갈라진 아스팔트 사이에 고개를 내밀고 겨우 틔어 난 한줄기 새싹 같다는 것을. 그렇기에 숨을 쉬기 위해 잎을 더 뻗고, 빗물을 마시기 위해 줄기를 세워야 한다는 것을. 알고 있기 때문에, 굳이 새싹 더러 '너 언젠가 썩을 거야!' 라고 새겨주지 않아도 된다. 그저 작은 위로의 말 한마디가, 그 한 마디가 작은 새싹 같은 마음을 키울 수 있게 만들어 준다.

 순간은 두 얼굴을 가지고 있다.
 갑자기 찔러 들어와선 아프게 했다가, 또 어느 날엔 찌른 마음을 어루만져준다. 슬럼프가 와버렸다고, 인생이 망가진 것 같다고 느끼며 내일을 무서워할 때가 있다.

 그럴 땐, 울적해 있어도 된다. 슬퍼해도 된다. 왜 이렇게 변해버렸느냐고, 나를 질책하지 말자. 그 순간엔, 그렇게 울어도 된다. 그럼 다시 위로의 순간이 찾아올 테니까. 순간이란 녀석이, 괜찮다고, 많이 힘들었겠다고, 일으켜줄 테니까.

 빛바랜 열정은 그때만큼 불을 지피지 못하고 있지만, 나는 다시 천천히 은근한 열을 피워 나갈 준비를 하고 있다. 평생 암울할 것만 같던 내일의 하늘이, 어느 순간 걷혔다. 내 마음의 하늘을 올려다보고 살지 않아서 나는 계속 우울했던 걸까.
 순간이 오는 때를, 이제 나는 때때로 살펴보아야겠다.

어른이라는 허울

"네가 봤을 때 나는 어떤 사람이야?"

타인의 시선이 문득 궁금해졌다. 그래서 대학교 4년을 함께
보낸 같은 학과 동기에게 물었다. 첫인상에 대한 궁금증이
아니었다. 평소, 날 보면 어떤 생각이 들었는지 궁금한 것이
다.

친구는 대답했다.

"이야기 듣는 걸 좋아하는 척하는, 속으론 자신의 이야기를
들려주고 싶어 하는 솔직하지 못한 사람."

"왜 그렇게 생각해?"

"사람이 어떻게 남 이야기만 듣고 살 수 있나. 내 얘기를 하
고 싶을 때도 있는 거지."

대수롭지 않게 대답하는 친구의 모습에 나는 한참 말을 잇
지 못했다.

남의 고민을 담담하게 들어주는, 어른스러운 사람이 되고 싶었다. 내 감정은 숨기면서, 남의 고충을 들어주고 어루만 져주는 따뜻한 사람. 사실 그동안 나는 말을 잘못해서 실수 를 한 적이 많았다. 내 의도는 그것이 아닌데, 본의 아니게 사람에게 상처를 준 것이다. 그래서 다짐했었다. 말을 조심 하자. 언제나 경청하는 사람이 되자. 그것은 깊이 있는 사람 이 되고잔 '나'라는 이름의 책 표지와도 같았다.

 그랬는데, 대학 4년을 같이 다녔다고는 하나 내 속내를 전 부 보여준 적이 없는 이 친구가 날 더러 '솔직하지 못한 사 람'이라고 한다. 내내 숨기며 살아왔는데, 진짜 내 모습을 보 여준 적도 없는데, 꾸며진 모습이 진짜인 듯 가식적으로 살 아왔는데…. 친구의 대답을 듣고 내가 가장 먼저 떠올린 것 은, '혹시 다른 사람들도 나를 다 알아버렸을까'라는 생각이 었다.

 나는 늘 계산적이고, 각본에 짜인 체계적인 표였다. 자유로 운 척하나, 계획에 끌려 사는 수동적인 사람이었다. 실패를 두려워한 탓이다. 그러나 겉으로는 따뜻한 감성을 지닌 사람 처럼 행동했다. 이룰 수 없는 꿈에 젖어 살면서, 여유로운 척 했다. 타인의 말에 귀 기울이며, 슬퍼할 줄 아는 사람인 척했 다.

나도 가끔은 모든 걸 내려놓고 싶어.
꾸며진 것들 있잖아.
나도 때론 널브러지고 싶고, 게으르고 싶을 때가 있어.
내 얘기 마음껏 하고 싶고, 기분 나쁠 땐 화도 내고 싶어.

사실 담담한 척했지만, 강인한 척했지만, 당당한 척했지만, 오늘을 사는 때엔 어쩔 수 없이 감춰야만 하는 것들이 있었다. 사사로운 감정 같은 것이나, 속 얘기 같은 것들. 어른이기 때문에 당연하다고 생각했던 것들이었다. 그러나 생각해보니, 그 어른이라는 허울 좋은 단어는 입을 더 굳게 다물게 하고, 회피하게 만들었으며, 이중적인 사람으로 만들었다. 솔직하지 못하게, 거짓말쟁이로 만들어 갔다.

어릴 적에는 내가 하고 싶은 꿈, 여러 가지 감정들을 표현하며 살아왔는데. 하지만 요즘은 왠지 죽을 때까지도 내 마음을 솔직하게 털어놓고 살지 못할 것 같다는 생각이 든다.

~~~

나는 멋쩍은 듯 웃었다.

"와, 나 조금 부끄럽다."

"왜?"

"그냥, 뭔가 다 들켜버린 느낌이라."

우리는 모두 똑같을지도 모른다.

누군가에게 들키고 싶지 않은 그, 마음들.

매일생한 불매향(梅一生寒 不賣香)

어떤 장구 아저씨가 있었다.

벚꽃을 보러 간 공원. 그곳엔 축제가 한창이었다. 좋은 주말
이었다. 비가 오지도, 바람이 불지도, 날이 덥지도 않은 딱
좋은 날. 벚꽃을 보러 간 곳이었기에, 장구 아저씨와의 만남
은 예정에도 없던 것이었다. 작은 천막을 쳐놓고, 손님이 오
기만을 기다리고 계시던 아저씨. 무슨 이유에선지 나는 훅,
그 적막한 매력에 끌렸다.

"아저씨, 저거 장구 얼마예요?"

천막 안에는 작은 장구들이 주렁주렁 매달려 있었다.

"2만 원이야!"

나는 2만 원짜리 장구보다도, 장구 아저씨의 모습이 더 끌
렸다. 쇄골을 훌쩍 넘기는 긴 머리에, 잿빛 개량한복을 입은
채 부채질을 하고 있던 아저씨. 정말 영화에서나 볼 법한 장

인의 모습이었다.

 장구 아저씨의 인생 이야기를 듣고 싶었다. 어쩌다 장구에 빠지게 되셨는지, 왜 장구를 만드시는지, 장구가 좋은 이유는 무엇인지. 어쩌면 현실과는 조금 먼 환상을 좇는 일이었으니까.

"하나 주세요."

 결국 나는 2만 원이란 돈으로 추억을 사기로 했다.

~~

 장구 아저씨는 장구 만드는 일에 매력을 느껴서, 장구를 만든다는 장인을 따라 서울까지 쫓아갔다. 일 원 한 푼 받지 않으시고, 조수 겸 학생으로 장구 만드는 것을 배웠다. 그것만 꼬박 10년이란다. 그런데도 장구가 좋단다. 왜 장구가 좋으세요? 이유를 물으니 나도 잘 모르겠다, 는 대답이 돌아왔다.

 아저씨는 한참 자신의 '장구 철학'에 대해 늘어놓았다. 그 철학이 생경했다기보다, 열성적으로 자신이 좋아하는 것에 대해 쏟아내는 아저씨의 그 모습이 신기했다. 나도 앞으로 계속 글을 좋아하게 될까. 언젠가 내게도, 누군가에게 나만의 '문학 철학'을 늘어놓을 수 있는 때가 올까. 나는 과연 가난하거나 힘들어도 평생 글을 쓰면서 살 수 있을까. 아저씨의 모습과, 어쩌면 먼 미래의 내 모습이 될 수도 있을 장면들이 겹쳐졌다. 그렇게 생각하자 아저씨가 더 대단하게 느껴졌다.

아저씨의 손을 보았다. 아저씨는 장구의 줄을 빳빳하게 조이고 계셨다. 손바닥에는 굳은살이 박혀 있었다. 그것은 긴 세월, 아저씨가 꿈을 사랑한 흔적이었다.

아저씨는 칼로 장구통에 능숙하게 내 이름 석 자를 새기셨다. 나무 몸통에 붙은 부스러기를 털어내고, 잿빛 개량한복에 장구를 쓱 쓱 닦았다.

"아가씨는 하고 싶은 일이 있나?"

그때 불쑥, 아저씨가 내게 물으셨다.

"글쎄요. 예전엔 공부를 했는데, 요즘은 그냥 좋아하는 거 하고 있어요."

"좋아하는 거, 뭐?"

"글쓰기요."

내가 대답하자, 아저씨가 고개를 끄덕이셨다. 그러더니 장구의 다른 한 편에 문구 하나를 새겨 넣어도 괜찮겠냐고 물으셨다. 나는 괜찮다고 했다.

梅一生寒 不賣香

"매일생한 불매향(梅一生寒 不賣香) 보통 역사 관련된 드라마나 영화에서 많이 나오는 글귀야. 뜻은 '매화는 일생 추운 곳에서 태어나도 절대 그 향기를 팔지 않는다'. 아가씨의 꿈도 매화의 향기처럼 굳건하길 바라."

아저씨가 미소를 띠며, 내게 장구를 건네셨다.

> *매일생한 불매향(梅一生寒 不賣香)*
> *매화는 일생 추운 곳에서 태어나도*
> *절대 그 향기를 팔지 않는다.*

내 삶은 매화가 될 수 있을까.

좋은 글은, 사람들에게 좋은 향기를 남긴다. '매일생한 불매향'의 글귀처럼, 나도 누군가에게 향기와 깨우침을 주는 글을 쓸 수 있을까.

매화 같은 글을 쓰자. 매화 같은 사람이 되자.

벚꽃 찬란한 봄날 햇볕 아래, 장구 아저씨를 보며 내 꿈을 한 번 더 꾹꾹 다진다.

진심이 담긴 공감

해를 거듭하면서 내가 지독히도 집착했던 것이 하나 있었다.

나는 좋은 사람일까?

물음은 단순히 '나는 좋은 사람일까?'에 그치지 않았다. 숟가락으로 밑바닥 남은 푸딩을 긁어먹는 것처럼, 뚜렷한 문장 하나가 집요하게 내 마음을 파고들었다. '과연 나는 (다른 사람들에게) 좋은 사람일까?'라고.

좋은 사람이 되기 위해 남 눈치도 많이 봤고, 내가 손해를 보더라도 양보를 하는 날들이 많았다. 싸움을 하더라도, 내가 미안해야 할 상황이 아님에도 내 입에서는 '미안합니다'가 나왔다. 분쟁을 일으키고 싶지 않았기 때문이었다.

좋은 사람이 되기 위한 또 다른 것이 있다면 바로, 화를 내지 않는 것이었다.

'무조건 타인에겐 웃으면서 다가가자.'

아무리 친한 동기나 친구라도 화 한 번 내본 적이 없었다. 속상하거나 울적해도 티를 안 내기 위해 노력했다. 마치 얼굴에는 두꺼운 하회탈을 하나 씌워놓은 것만 같았다.

같은 과 선배는 이런 답답한 내 모습을 보곤 종종 화를 냈다.

"너 화도 안 나? 이런 상황엔 뭐라고 좀 해!"

그럼 그때마다 나는 분쟁을 싫어하는 평화주의자라며 허허 웃어넘기고 말았다. 선배는 혀가 닳아지라고 잔소리를 해댔지만, 나는 한동안 계속 '미안합니다'를 달고 살았다. 그래서 내게 '미련곰탱이'란 별명이 붙었다.

처음엔 진심이었다. 양보하기, 괜찮은 척하기, 티 내지 않기. 그러나 시간이 흐를수록 견디기 힘들어졌다. 진심으로 누군가에게 미안해하고 사죄하던 어느 날, 문득 나 자신을 망가뜨리면서까지 미안하다고 말하는 모습을 발견하게 된 것이다.

당연히 내가 화를 내야 정상인 상황이었다. 하지만 입은 연신 미안해요, 다 제 탓이에요, 라고 말하고 있었다. 스스로 자책하고 가슴앓이하기 시작했다. 그 속에서 내 마음은 황망해졌고, 피폐해져 갔다. 가슴에 감옥을 만들어 놓고 스스로 가뒀다. 그러나 더욱 허무한 것은, 그 사과를 받아들이는 사람들의 태도였다.

> *네가 잘못했으니까 알아서 정리해.*
> *그러니까 좀 잘하지 그랬어?*

억지 사과가 만들어 낸 관계는 어느덧 갑과 을의 세계가 되었다.

이렇게 속으로 아파하다간, 나 자신이 점점 작아져 소멸해 버릴 것 같은 기분이 들었다.

"선배, 제가 미안하다고 말하는 거 있잖아요."

한 번도 누군가에게 꺼내놓지 못했던 고민. 결국, 화를 좀 내라고 외치던 선배에게 조심스레 올려놓았다.

"사실은 어딜 가나 좋은 사람으로 기억되고 싶었어요. 누구와도 싸우고 싶지 않고 물 흐르듯이 평화롭게 지내고 싶었거든요. 그래서 내가 좀 더 숙이고, 내가 좀 더 작아지면 싸움이 없이 잔잔하지 않을까, 생각했어요."

진심이었다. 모든 사람에게 좋은 사람으로 기억되고 싶었으니까.

하지만 내 진심을 들은 선배의 표정은 잔뜩 일그러져 있었다.

"그 생각 자체가 잘못된 거야. 모두에게나 좋은 사람으로 기억된다는 거, 그거 욕심 아냐? 너를 좋아하는 사람도 있지만 싫어하는 사람도, 우습게 보는 사람도 있어. 모든 사람이 널

좋아하게 만들 순 없는 거야."

욕심. 욕심이라는 단어가 직인을 찍는 것처럼 가슴을 짓눌렀다.

좋은 사람이란 그저 '져주는 것'이라고 생각했다. 그래서 타인에게 받은 속상함과 서운함을 털어놓지 못하고 가슴속에 담아두는 날이 많았다. 내가 조금 숙이면 좋은 관계가 될 줄 알았다.

가시같이 울퉁불퉁한 마음을 담기만 해서, 속은 늘 곪아있었다. 웃는 날은 점점 줄어들고, 앞으로 사람을 어떻게 만나야 할지 모르겠고. 모든 것이 막막해졌지만 티를 내지 않기 위해 노력하던 날들이었다.

"맞아요. 선배 말이 다 맞아요. 어쩌면 그 욕심이 저를 힘들게 했는지도 몰라요."

그 후로 내가 생각하는 좋은 사람의 기준이 바뀌었다.

부리기 쉬운 사람이 아닌, 편한 사람이 되는 것.

타인에게 맞춰주기 시작하면, 나는 동등한 존재가 아닌 한 계단 밑에 내려간 사람으로 정해진다. 그 사람은 '아, 언제든 부탁해도 좋을 사람'으로 기억하는 것이지, 나를 '좋은 사람'으로 기억하지 않는다.

부려먹기 쉬운 사람, 바보같이 착한 사람. 그렇게 속이 곪기 시작하면 상처를 받고, 견딜 수 없이 힘들어진다. 화가 나고 상처 받아도 조용히 있는 것. 단지 좋은 사람이 되기 위해 참는 것이라면 선배의 말대로 '미련한 곰탱이'일 것이다.

대화하자. 나쁜 사람이 될까 봐, 두려워하지 말자.

서운했던 점, 슬펐던 점, 그래서 화가 났던 점들을 차분히 대화로 풀어나가고 그런 과정에서 존중과 이해가 곁들여진다면, 진정한 친구가 될 수 있다. 그럼 그 사람은 나를 쉽게 보지도, 낮게 보지도 않을 것이다.

그렇게 서로의 진심을 꺼내 보이자, 나도 비로소 '가식적인 공감'이 아닌 '진심이 담긴 공감'을 하기 시작했다.

우선 나부터 사랑하자.

그런 다음에 누군가의 말을 진심으로 듣고, 공감하고, 토닥이는 사람이 되자. 그렇게 다짐했다.

스물셋의 내가, 미래의 나에게

요즘 제가 변하고 있다는 생각이 들어요.
부쩍 짜증도 많아지고 가끔은 멍해질 때가 있고요.
쓸데없는 생각에 잠길 때도 있어요.

웃음.
웃고는 있지만, 전부 다 가짜예요.
남에게 보이는 겉치장 같은 미소랄까.
진심으로 웃는 건지 모르겠어요.

말실수도 많이 해요.
특히나 사람들에게 상처 주는 말.
말을 잘못 뱉으면 심장이 쿵 울리는데
나중엔 내가 말실수해도 심장이 신호를 주지 않을까 봐

무서워요.

누군가에게 상처를 주는 일이 익숙해질까 봐요.

불안해요.

이기적인 사람이 되어가고 있다는 게,

나밖에 모르는 고집만 키워나가고 있다는 게.

그런 사람이 된다는 게.

2014, 스물셋, 12월 크리스마스이브의 밤, 일기장

스물다섯의 내가, 스물셋의 나에게

시간, 참 야속하지.

이 일기를 지금에야 들여다보게 될 줄 누가 알았을까.

그때 네가 겪었을 마음이 안쓰러워

타임머신을 타고 스물셋의 너에게 말해주고 싶어.

결국 아픔의 원인은 그 마음 때문이었어.

내가 망가져도 다른 이에게 폐 끼치고 싶어 하지 않던 마음.

너 그 마음 때문에 되레 사람들에게 상처 받았잖아.

그래서 그날 엉엉, 울고 있던 거잖아.

누군가가 아닌 '나'를 생각해 본 적 있니?

무조건 웃는다거나 눈치 보는 거, 그런 거 말고.

그건 나를 바라보는 사람들을 위한 거잖아.

지난 몇 년을 홀로 누군가를 위해 살아왔으면서.
잠시 아픔을 겪고 있는 이 한때만이라도
날 위한 사람이 될 수 없다면
나는 누가 보살펴 줄까?

인간관계에 두려워하지 마.
사람들이 내 곁을 떠날 것 같다고 생각하지도 마.

이기적인 사람이 되면 어때.
나밖에 모르는 사람이 되면 어때.

지난 시간을 돌아보면
결국 남을 사람은 남고, 떠날 사람은 떠나더라.

그러니까 딱 하루만큼은 나 자신을 위해서
나를 사랑하는 시간을 가져.
이것으로 조금은 덜 아프기를,

시린 기억, 나의 스물셋.

2016, 스물다섯, 7월 장마의 한때, 보낼 수 없는 답장

텅 빈 위로

밑으로 동생이 둘이나 있는 나는, 올해 동생들의 졸업 선물을 고민해야 했다.

여동생은 대학교 졸업을, 남동생은 고등학교 졸업을 했다. 남동생이 전문계고를 졸업했으니 사실상 두 녀석 다 사회에 발을 들이게 된 셈이었다. 여동생은 졸업식 때 어떤 옷을 입을까 고민했다. 하지만 친한 동기 대부분 참석하지 않는다고 해서, 졸업식 자체를 가지 말아야 하나 고민하기도 했다. 나는 동생에게 무슨 일이 있어도 졸업식은 꼭 가라고 했다. 학사모와 가운을 입은 모습은 딱 그때에만 사진으로 남길 수 있으니 말이다.

남동생은 말끔한 교복 차림으로 졸업식에 갔다. 나는 타지에서 일하는 사정상 졸업식에는 참석하지 못해 미안했지만, 꽃다발을 안고 활짝 웃는 남동생의 사진을 보니 마음이 조금은 누그러졌다. 남동생은 내 빈자리가 무색할 만큼 환하고 예뻤다.

이것들이 벌써 사회에 나올 준비를 하고 있다니. 대견한 생각이 들면서도 한편으론 놀려주고 싶었다.

졸업식 날, 동생들에게 각각 문자를 보냈다.

– 졸업이다! 이제 사회인이네?

그 말에 동생들이 줄줄이 울상을 지었다.

– 아, 모르겠어. 이제 뭐 해 먹고 살아?

동생들의 한숨 섞인 푸념. 그 고민이 꽤 심각해서 나는 더 말을 잇지 못했다. 맞다, 응원의 말로는 다 할 수 없을 정도로 요즘 취업 장벽은 너무나 높다.

많은 사람이 꿈을 포기하면서 산다. 아니면 스스로 잘하는 것이 무엇인지도 모른 채 살아가고 있다. 언제부터 우리는 마지못해 살기 시작했을까. 어쩌다 우리들은 꿈과 빛이 사라져 버렸을까. 왜 졸업만 하면, 뭐든 할 수 있을 거라고 생각했던 포부들이 없어지는 걸까. 왜 우리는 자신감을 잃어버리게 된 걸까?

'괜찮아, 다 잘 될 거야.'

동생들에게 하고픈 말은 많았지만, 그 말을 속으로 삼켰다.

실은 졸업하고 난 지금, 이 찰나의 시간을 즐기라고 말하고 싶었다. 남들이 허황된 꿈이라고 말하는 것들을 품어보라고 말하고 싶었다. 직장에 발 묶여있지 않은 지금, 이 자유를 마음껏 누려보라고 말이다. 그러나 그런 말들이 텅 빈 응원같이 보였기에 나는 아무 말도 하지 않았다.

이제 우리는 안다.
꿈과 희망에 부푼 것들이 위안이 되지 못한다는 것을.

사무실에는 저마다의 땅콩집이 있다

1.

내가 일하는 사무실은 땅콩집 마을이다.

칸막이로 둘러싸인 공간들. 사람들은 칸막이 안에 몸을 숨기고 일을 한다. 나는 이 공간을 '땅콩집'이라고 부른다. 사람들은 저마다 땅콩집에서 무언갈 하고 있다. 남모르게 휴대폰 게임을 하고 있을 수도 있고, 정말 열심히 서류를 들춰볼 수도 있고, 보고서를 작성할 수도 있다. 아니면 지금 나처럼 눈치를 보며 글을 쓰고 있을 수도 있다. 그러니 누군가 문을 열고 들어오거나 자리에서 일어나면 일을 열심히 할 때를 제외하곤 백이면 백, 미어캣처럼 얼굴이 퐁 튀어 오른다. 그와 동시에 상사의 험담을 하던 메신저 화면이 재빠르게 꺼진다. 멈췄던 일을 다시 시작한다.

나의 땅콩집에는 다양한 사무용품이 있다. 없는 게 없는, 도

라에몽 호주머니.

널브러진 서류며 커피 자국이 남은 이면지, 아무렇게나 굴러다니는 펜, 포스트잇이 덕지덕지 붙은 탁상달력. 이래 봬도 인스턴트커피는 메마를 날이 없다. 회사가 커피 마시고 정신 차리라는 뜻으로 준비한 소소한 배려다.

글을 써야 하는 부서의 특성상 내 자리는 늘 서류나 자료로 너저분하다. 치워도 치워도 어지러워지는 이상한 책상이지만, 난 이 땅콩집에서 1년 하고도 3개월을 지내왔다. 지저분하다곤 해도 엄연히 나만의 안락한 공간이다.

이 공간에서 컴퓨터와 아이컨택을 하며 온종일 씨름한다. 컴퓨터 모니터 속에는 한글이나 인디자인 같은 프로그램이 띄워져 있긴 하지만, 한쪽 귀퉁이에 자그마한 메신저 공간도 마련돼 있다. 직장에서의 고충을 털어놓는 친구들과의 대화방이다. 친구들 대부분이 사회의 막내들이므로, 우리는 메신저를 통해 서로 공감하며 사회 생활을 이겨나가고 있었다. 열심히 일하면서도, 가끔 메신저로 목을 축이는. 내게 메신저는 마치 사막 같은 사무실에서 맑은 오아시스 같은 것이다.

2.

그나저나, 언젠가부터 우리 집 물건이 하나둘 사라지기 시작했다.

내 자리의 펜이나 자, 테이프 등이 없어졌다. 어쩌면 티 나

지 않게 포스트잇도 쓰일지 모르는 일이다. 대체 누가 쓰는
거지? 계속된 실종에 머리를 굴려본다. 아무도 사용 못 하
게 하기 위한 잔머리, 이름을 써보고 화려한 꽃 스티커를 붙
여보고 책꽂이 사이에 꼭꼭 숨겨도 본다. 그런데도 신기하
게 내 사무용품은 누군가에 의해 꿋꿋이 쓰인다. 쓰지도 않
은 내 물건을 내가 찾으러 다니는 아이러니한 상황이 펼쳐진
다. 결국 누군가에게 비참하게 괴롭혀진 내 사무용품은 사무
실 한쪽 귀퉁이에서 버려진 채 발견된다. 가위가 대표적이
다. 펜 같은 경우는 나의 레이더망에 포착되지 않는다면 두
번 다시 찾을 수 없다고 봐야 한다. 지금도 잃어버린 나의 펜
은 누군가의 손아귀에서 소리 없는 비명을 지르고 있거나 잉
크를 토해내고 있을지도 모른다.

3.

나의 땅콩집 옆에는 땅콩집 이웃이 있다. 이웃이라곤 하나
가벼운 눈인사나 떡을 돌리는 행위 따윈 일절 이뤄지지 않는
다. 조금 애매한 사이다. 어쩌면 경계해야 할 적진일지도 모
르는 집. 옆집 사람은 가끔 스토커처럼 내 집을 염탐한다. 그
것은 나의 물건을 탐하는 눈빛과는 다르다. 은근슬쩍 내가
무엇을 하고 있나 쳐다보는 호기심의 눈빛이며, 혹시 험담을
하거나 이력서를 쓰고 있지는 않을까 하는 염려와 구린 의도
에서 비롯된 눈초리이기도 하다. 여기서 잘못 걸리면 나는
회사 내 소문의 주인공이 될 수도 있다. 그럼 열심히 일하고

있어도 괜히 유난을 떨며 더 오버스럽게 일을 하게 되는 법이다.

'그만 좀 봐. 그러다 눈이 관자놀이에 달리겠어!'

속으로 그렇게 소리를 지른다.

이웃이라 쓰고 염탐꾼이라 읽는 내 옆 사람들은 나의 모니터 화면을 뚫어지게 응시하는 본인들의 눈빛이 서툴다는 것을 알지 못하는 듯하다. 하지만 난 알고 있다. 사실 내 뒤통수와 관자놀이에는 보이지 않은 눈이 달려있다. 언제, 어디서, 어느 곳에서 내 모니터를 훔쳐보고 있는지 나는 알고 있다. 막내라고 해서 이런 것까지 모르는 것이 아니다.

4.

그러나 나의 사무용품을 되찾아오겠다는 불굴의 의지 따윈 부릴 수가 없다. 그만 좀 쳐다보라고 화를 낼 수도 없다. 속으로 혼자 되뇔 뿐이다. 사무용품을 언제나 갖춰놓고 막내들의 모니터는 훔쳐보지 않는 상사가 되어야겠다고.

오늘도 모두의 사무실 땅콩집엔 사람들이 살고 있다.

아니, 사무실 막내들이 눈치를 보며 쭈뼛쭈뼛 살고 있다.

달빛에 적셔 먹는 술

　스무 살에 처음 들이켰던 소주는 대학 방송국 하계 수련회에서 였다. 몇십 년 이상 차이나는, 기수가 훨씬 높은 대선배들이 주는 잔이라 차마 거절은 하지 못했던 술. 동기들끼리야 게임에서 지면 그냥 호로록 들이켰던 게 술이라지만, 긴장된 자리에서 오가는 술은 마시다가 체하는 법이었다. 여기가 어딘지, 내가 왜 술을 들이켜는지, 내가 술인지 술이 나인지도 모를 만큼 그저 어리고 어리둥절하기만 했던 나이. 아무 이유 없이 술을 주는 선배들이 미웠고, 또 그걸 넙죽넙죽 받아 마시기만 하는 내가 야속하기도 했던 시간이 스무 살엔 꽤 많았다. 더군다나 주량은 입에 올리기가 죄송할 만큼 처참해서 술 한두 잔에도 바짝 긴장해야만 했다.
　술도 술이었지만 무엇보다 나는, 술자리에서 오가는 이야기들이 공감되지 않아서 괴로웠다.

"너 지금 힘든 것 같지? 사회 나가봐, 이것보다 힘든 것 태반이야."

이보다 힘든 일이 어디 있단 말이야. 아프니까 청춘이라고 했다. 지금 당장 난 스무 살 청춘이고 이 세상에서 나 자신이 가장 힘들다고 생각했던 때였다. 그땐 공부도 힘들었고, 공부와 병행하는 대외활동도 힘들었고, 연애도 힘들었다. 그냥 모든 게 다 생경하고 힘들 따름이었다. 그런데 이것보다 더 힘든 것이 있다고? 말도 안 된다고 생각했다.

"선배님, 근데 지금 너무 힘들어요. 힘든 건 사실이에요."

주저리주저리 힘든 점을 늘어놓아도, 선배님의 조언은 일관적이었다.

"너 이랬다가 사회 나가서 힘들다고 하기만 해 봐."

짠, 또 술을 한 잔 받았다.

그로부터 5년이 흘렀다. 오랜만에 선배님과 자리를 가졌다. 그렇게 주거니 받거니 했던 술잔으로 선배들과의 사이가 조금은 두터워졌고, 술도 조금은 잘 마시게 되었다. 그중에는 내가 만나 뵙지 못했던 선배들도 있었다. 내 밑으로 후배들을 데려왔다고 해도 선배들의 눈에 난 여전히 막내였다. 술 심부름과 술잔과 조언 사이에서 갈팡질팡 헤매는 스물다섯.

"요즘 잘 지냈냐?"

소주잔에 술이 부어졌다. 아뇨, 요즘 그럭저럭 지내요. 일하면서 공부하려니 힘이 드네요. 씁쓸하게 받아들이는 한 잔.

그래? 그래도 열심히 산다. 두 잔. 선배님은 요즘 어떻게 지
내셨어요? 석 잔. 나야 뭐, 똑같지, 넉 잔. 그런데 살다 보니
까, 그냥 그렇게 살아지더라, 다섯 잔. 아, 선배님 전 이제 맥
주를 마실게요. 그래, 그래 천천히 마셔.

그때 선배가 맥주를 따라주며 말했다.

"나이가 들면 취하고 싶어도 취할 수가 없어. 그만큼 추한
것도 없거든."

나이를 먹어간다는 것은 추해진다는 것인가. 선배님, 나이
를 먹는다는 건 어떤 건가요? 그러자 선배가 웃는다. 나이?
어떻긴 뭘 어때, 어쩔 수 없이 먹는 것이 나이이지. 어쩔 수
없이 먹기 때문에 조금이라도 젊을 때 많은 것을 해봐, 많이
놀고 많이 즐기고 공부도 많이 하고.

양껏 취할 수 있는 것은 어릴 때나 해볼 수 있는 거야.
어릴 때는 이해라도 하잖아.
이것이 어리니까 조절도 못 하고 취했구나, 할 수 있잖아.
우리같이 어른이 되면 마음대로 취할 수도 없어.
좀 더 어릴 때 많이 마셔줘.
취할 수 있을 때, 취하란 말이야.

취기를 달랠 겸 밖으로 나왔다. 마른 오징어를 질겅질겅 씹
으며 하늘을 바라본다. 오늘따라 유난히 달이 밝다. 술잔 안
에 날카롭게 들어간 달과 그 빛을 마시는 사람들. 이 순간만

큼은 선배와 후배가 아닌 어른으로서 마주하고 앉아 있었다.
우리 모두 힘들다고 말할 수 있는 순간. 따뜻한 달빛에 조금
은 식은 술에, 발그레해진 뺨에, 긴장된 마음을 지난날 회상
으로 풀어놓는다. 그렇게 힘듦을 조금은 내려놓은 밤이 흐른
다.

상처 받지 않기 위해 완곡한 표현을 쓴다

"넌 말귀를 대체 왜 못 알아듣는 거냐?"

내가 회사에 발을 들인 지 딱 1년 차 되던 시기였다.

글쎄, 대한민국에서 그것도 '한국어'라는 같은 언어를 쓰는 사람들끼리 어떻게 언어의 장벽이 생길 수 있을까. 그래서 한때 이 장벽 때문에 많이도 힘들었다. 뭇 연인 중 남자들이 여자들의 언어를 알아먹지 못해 골머리를 앓는 것처럼, 나 또한 그랬다. 회사에는 어쩐지 회사만의 언어가 있는 듯했으니까.

난 정말이지 내 화법에 커다란 문제가 있는 줄 알았다.

상사에게 모르는 것이 있어 물어보았는데 물어본다고 발끈했다. 어떤 날에는 눈치 보며 묻지 못하는 내 모습에 '괜찮아 모르는 것이 있으면 물어봐도 돼'라며 상냥하게 말하기도 했다. 난 그 사이에서 어떻게 해야 할지 몰랐다. 주변 사람들을 둘러보았다. 그러나 참 아이러니한 것은 회사에 다니고 있던 사람들은 잘 알아듣고 적응해나간다는 것이었다. 어떻게 저럴 수 있을까. 나만 회사에 적응하지 못하는 걸까 생각했다.

하지만 시간이 흐를수록 그런 의문들도 점점 사그라들었다. 아니, 어쩌면 내 마음 뒤쪽에 슬쩍 몸을 숨기고 있었는지도 모르겠다. '왜 이렇게 말귀를 못 알아먹는 거야!' 라는 말을 그냥 아무렇지도 않게 흘려듣는 시기가 왔다. 내가 할 수 있는 최대한의 방어는 완곡한 표현을 쓰는 일뿐이었다.

'그건 아닌데요' 보다 '이런 건 어떻게 생각하세요?'처럼 의견을 묻기 시작했다. 최대한 내 의견을 말하지 않는 듯 감추면서, 은근히 드러내는 화법을 할 줄 알아야 했다. 그러나 내가 아무리 완곡한 표현을 쓰려 노력해도, 상사는 늘 내게 직설적인 표현을 했다. 언성을 높이며 너무나도 쉽게 '그건 아니야'를 외쳤다.

"도대체가 말귀를 왜 이렇게 못 알아먹는 거야?"

쌓이던 고민은 결국, 아무렇지도 않은 장난에 터지고 말았다.

퇴근 후 카페였다. 나는 노트북을 켜고 잔업을 하고 있었다. 맞은편에는 친구가 앉아있었는데, 잠시 문서에 집중하는 사이 친구와의 대화 흐름을 놓치고 말았다. '미안한데, 다시 한 번 말해줄래?' 라고 물었더니, 친구가 장난스럽게 웃으며 '도대체 말귀를 왜 이렇게 못 알아먹는 거야?' 라고 한 것이다. 겨우 그것뿐이다. 절대 기분이 상할만한 부분이 없었다.

그런데 나는 그 말에 울음이 터져버리고 말았다.

풍선에 바늘이 닿을 듯 말듯 했던 감정이 결국은, 그 한마디로 폭발하고 말았다. 그 밤, 카페의 한 쪽 구석에서 나는 부끄러울 정도로 펑펑 울고 말았다. 친구가 괜히 미안하다고 했다. 절대 미안할 일이 아니었음에도 친구는 얼굴을 붉혔다. 당황했을 것이다. 분명 장난이었으니 말이다. 나는 친구에게 회사에서의 일을 사실대로 털어놓았다. 내 말을 듣던 친구가 고개를 저었다.

"네가 잘못한 게 아냐. 너와 대화하는데 난 한 번도 불편함을 느꼈던 적이 없어. 그거야, 회사에서만 그런 거잖아. 나랑 대화할 때도, 다른 친구들이랑 이야기할 때도 대화에 불편한 걸 못 느꼈잖아. 그럼 된 거야. 네가 이상한 게 아냐."

친구의 위로에 나는 남은 눈물 한 방울을 닦아낼 수 있었다.

회사에서 쓰는 화법이 따로 있는 걸까. 그동안 살면서 내가 언어를 잘못 써왔던 게 아닐까, 생각했었다. 울음을 그치고 조금은 넓어진 마음으로 뒤를 돌아보았다. 그래, 확실히 회사에서는 일상과는 다른 분위기와 대화가 있었다.

수직적인 구조는 오랜 세월 동안 쌓여 온 회사의 문화였다. 고착된 이 문화에 상처 받고 울어봤자 바뀔 수 있는 것은 아무것도 없다. 나만 아플 뿐이니까.

아무 생각 없이 기분에 따라 던진 타인의 말에 상처 받을 필요가 없다. 귀담아 듣고 아파하지 말자. 타인은 뒤돌아선 순간 잊어버릴 말들이다.

그래서 나는 오늘도 완곡한 표현을 쓴다.
설령 상사가 내게 직설적이고 공격적인 말을 퍼붓는다고 해도, 나는 변함없이 완곡한 표현을 쓸 것이다. 분위기를 유하게 풀어 나가려 해 볼 것이다. 상사를 위한 아부 따위가 아니다. 조금이라도 덜 공격적인 말을 받기 위해서, 내가 상처를 덜 받기 위해서 하는 것뿐이다.
한 귀로 듣고 한 귀로 흘려버리라는 친구의 말처럼 그렇게 천천히 내려놓는 법을 배워간다.

별에게 소원 비는 방법

어릴 적 본 시골 하늘은 별이 참 많았다.

날이 좋아서였을까, 아니면 단지 시골이라 그랬을까. 쪽빛 파란 밤하늘에 반짝이는 별빛들. 그때 나는 우리 집 장독대 위에 올라 별빛을 구경하곤 했었다.

여덟 살이나 아홉 살 즈음이었을까, 별똥별이 떨어지던 밤이었다. 함께 하늘을 보던 옆집 언니가 말했다.

"별똥별을 보고 소원을 빌면 별님이 소원을 이뤄주신대."

"우와, 진짜?"

그 말에 나는 빤히 밤하늘을 쳐다보았다. 그러다 별똥별이 떨어지기라도 하면 두 손을 꼭 모으고 눈을 감았다.

'별님! 부자가 되게 해주세요!'

어린 날 내 꿈은 부자가 되는 것이었다.

내가 어릴 적, 부모님께선 밭일을 하셨다.

"밭에 갔다 온다."

아침엔 그게 슬프지 않았다. 그때 부모님은 환한 미소를 지으며 문을 나섰기 때문이었다. 그러나 날이 저물면 나는 슬퍼졌다. 일을 마치고 돌아오신 부모님은 지친 모습이 역력했다. 엄마의 뭉친 어깨와 아빠의 그을린 피부가 보였다.

어느 날은 몸살로 드러누운 엄마에게 울먹이면서 물었다.

"엄마, 오늘은 쉬면 안 돼?"

그럼 엄마는 주전자째로 물을 들이켜며 말씀하셨다.

"엄마가 돈을 벌어야 희영이 맛있는 것도 먹고 하고 싶은 것도 할 수 있지."

그때 나는 생각했다. 그래, 돈이구나. 돈 때문에 엄마 아빠는 아파도 일을 하시는구나.

그래서 나는 부자가 되고 싶었다. 내가 돈이 많으면 엄마가 아픈 다리로 밭일을 나가실 일도, 아빠의 피부가 햇볕에 그을려 괴로워하실 일도 없을 거라고 생각했기 때문이었다.

밤하늘은 나와 약속이라도 한 듯 며칠간 별똥별을 떨어뜨렸다. 고사리 같은 두 손을 모으고 두 눈은 질끈 감은 채 기도했다. 이 기도가 별님께 닿기를 간절히 바랐다.

그러나 아무리 몇 날 며칠 기도를 올려도 별님은 내 소원을 들어주지 않았다. 아빠는 여전히 밭일을 나가셨고, 엄마는 어깨를 주무르시며 저녁상을 차리셨다. 나는 눈물이 그렁그

렁해져선 옆집 언니의 옷자락을 잡았다.

"언니, 별님이 날 싫어하나 봐."

닭똥 같은 눈물을 뚝뚝 흘리니, 언니는 깔깔 웃음을 터뜨렸다.

"바보, 그거 별똥별 다 떨어지기 전에 소원 빌어야 하는 거야."

"응? 그럼 나 소원 빌 동안 다 떨어져 버리잖아!"

"그러니까, 종이에 번호를 매겨서 소원을 써. 별님이 떨어질 때 번호만 말하면 되지!"

나는 그제야 빨개진 뺨에 흐른 눈물을 닦았다.

1. 별님, 부자가 되게 해주세요.

종이를 정성스레 접어 호주머니에 넣었다. 장독대로 달려가 별을 쳐다보았다. 이번에 나올 때는 동생 손을 잡고 함께 나왔다. 별빛이 가장 잘 보이는 장독대로 가서 쭈그려 앉았다.

"언니, 하늘 보면 뭐가 나와?"

순진하게 묻는 동생의 입술에 검지를 척 갖다 댔다. 쉬쉬, 너무 시끄럽게 하면 별님이 안 나타나.

그러나 이후로 별똥별은 좀체 나타나지 않았다. 나는 동생의 손을 꼭 잡았다. 괜찮아, 별똥별이 떨어지지 않아도 그냥 별님한테 소원을 빌면 돼. 간절하면 다 이루어주실 거야. 동생은 내 말을 곧이 믿고 고개를 끄덕였다. 숱한 밤, 우리는 수많은 소원을 빌고 또 빌었다.

~~

 하늘이 맑은 밤이면 슬리퍼를 신고 달려가 장독대 위에 올라앉곤 했던 어린 시절. 그땐 소원이 뭐 그리 중요하다고 밤하늘을 뚫어져라 바라보았을까. 가끔 난 그날의 시원한 밤공기와 맑은 하늘을 떠올리며 추억에 잠기곤 한다. 그땐 별빛만 보아도 두근두근 떨리던 작은 아이였는데. 이젠 나이가 들어 학교에 가고, 이사를 하면서 장독대와도 서서히 멀어지게 됐다. 그렇게 내 머릿속에 별똥별도 잊혀 갔다.
 누군가 그랬다. 하루 중 한 번이라도 하늘을 올려다본다면 아직 감성이 메마르지 않은 것이라고.
 지금 내겐 어릴 적 마음 같은 소원이 남아 있을까. 하늘을 바라보며 애타게 기도하던 그 간절함은 사라지고, 지금은 어쩐지 삭막한 마음만 내려다보는 사람이 됐다. 별님을 사랑하고 소원이 이루어지기를 바랐던 그 마음들은 다 어디로 가버렸을까?
 그때의 마음으로 하늘을 올려다본다. 순수했던 그 시절, 마음의 조각들을 하나하나 모으면서.

노부부의 구멍가게

동네 구멍가게에 대한 기억이 선하다.

초등학교 옆, 머리가 하얗게 센 노부부가 운영했던 작은 구멍가게에는 없는 게 없었다. 파란색 막대사탕을 입에 물고 있으면, 입술과 혀가 새파랗게 물드는 불량 식품도 있었다. 엄마가 그렇게도 사 먹지 말라고 잔소리를 했고, 나도 그때마다 먹지 않겠다고 약속했지만, 꼭 입가에 시퍼런 자국을 묻혀 왔다.

불량 식품의 세계는 끝이 없었다. 쫀득쫀득한 쫀드기에 달고나, 미니 숟가락으로 퍼먹는 납작한 초콜릿, 입안에서 톡톡 터지는 이상한 가루사탕. 그때는 맛보다는 신기하고 재미난 것에 홀려 사 먹던 시기였다. 어떻게 하면 재밌게 먹을 수 있을까. 내 머릿속엔 온통 그런 생각들로 가득했다.

봄에서 여름으로 넘어가는 시기엔 특히 얼린 요구르트가 대단한 인기를 끌었다. 이로 요구르트 껍질을 깔짝깔짝 뜯어언 요구르트의 뽀얀 속살을 사각사각 갉아먹는 재미가 있었다. 엄마는 얼린 요구르트를 먹는 것만큼은 허용했다. 어찌됐든 불량식품은 아니었으니까. 하지만 이로 딱딱 뜯어서 먹는 내 모습을 보셨다면 그마저도 날름 뺏어가 버리셨을지도 모르겠다. 어린 게 이가 상할 것이라고, 분명 그랬을 거다.

맛도 맛이지만 잊을 수 없는 것은 그날의 푸근함이다.

어린 어느 날, 친구들은 다 요구르트 하나씩을 물고 있었지만 나는 100원이 모자라서 호로록 먹고 있는 친구들의 모습을 그저 쳐다만 보고 있었다. 내 기억에 얼린 요구르트는 개당 200원씩 했었는데 내 주머니에는 100원밖에 없었다. 세상에, 100원이 모자라서 얼린 요구르트를 먹을 수 없다니. 친구들이 메롱, 혀를 내밀며 요구르트를 핥아먹었다. 나는 야속한 마음에 울음이 터질 것만 같았다. 부러운 눈빛이 가득한 시선으로 친구들을 보고 있자, 구멍가게 주인 할머니가 내게 말을 거셨다.

"너도 먹고 싶냐?"

네, 라는 목소리가 새어 나옴과 동시에 결국 울음이 터져버리고 말았다. 할머니가 호호 웃으시면서, 냉동실에 있던 말간 요구르트를 꺼내 주셨다. 요구르트를 본 순간 입안 가득 웃음꽃이 만개하고 말았다. 주인 할머니는 입술에 검지를 척 올리셨다. 쉿, 다른 아이들에겐 비밀이다! 나는 눈물과 콧물이 범벅이 된 얼굴로 연신 고개를 끄덕였다.

　나는 그날 바로 집에 가서 엄마에게 요구르트를 공짜로 먹은 사실을 말했다. 엄마는 구멍가게 할머니께 다시 가서 돈을 주고 오라고 하셨다. 200원을 꼭 쥐고 할머니의 구멍가게로 쪼르르 달려갔다. 손에 그러쥐었던 뜨거운 동전을 할머니께 드렸다. 할머니가 착하다며 내 머리를 쓰다듬어 주셨다.

　초등학교 고학년이 되었을 무렵, 구멍가게 할아버지께 큰 신세를 진 날도 있었다.

　등하교를 자전거로 했던 나는, 그날도 어김없이 자전거를 타며 하굣길 포근한 가을바람을 맞고 있었다. 저만치 동네 오빠가 걸어가고 있기에 난 그저 장난 삼아 큰 소리로 놀렸다.

"바보, 똥개야!"

　그런데 그게 그렇게도 오빠를 화나게 했을까. 오빠는 내리막길을 내려가는 내 몸을 밀었다. 나는 그대로 자전거에서 떨어져 데굴데굴 구멍가게 앞까지 굴러갔고 턱을 콩, 땅바닥에 박고 말았다. 앙앙 울어 재끼는 내 울음소리는 학교 운동장까지 울려 퍼졌다. 동네방네, 그런 소리도 없었을 거다. 공을 차고 있던 또래 남자애들도 그늘 밑에서 공기놀이를 하고 있던 여자애들도 구름 떼처럼 우르르 몰려들었다. 아이들의 시커먼 그림자에 둘러싸여도 나는 동네 떠나가라 울기만

했다. 그때 내 턱은 피가 철철 흐르고 있었고 아이들은 '어떡
해, 어떡해'만 남발했다.

그때 구멍가게 주인 할머니가 달려 나오셨다.

"오메! 이것 보소! 할부지야! 이것 보소!"

할머니가 다급하게 할아버지를 부르셨고 그 난장 통에 나는
할아버지의 자전거 뒷자리에 앉혀져 동네 보건소로 직행했
다. 어찌나 놀라셨을까. 알알한 턱 밑보다 궁둥이가 더 아플
만큼 할아버지의 자전거는 전속력으로 달렸다. 다행히 턱밑
을 몇 바늘 꿰매는 것으로 일단락되었다.

할아버지가 돌아가셨다는 소식은, 내가 초등학교를 졸업할
무렵이었다. 학교 내에 소문처럼 퍼지기 시작한 그 소식 이
후, 어쩐지 할머니의 구멍가게를 찾는 것이 미안하게 되었
다. 그저 구멍가게 밖에서 할머니의 눈치를 슬금슬금 살피기
만 했다. 얼마나 가슴이 아프실까, 혹시 우리 몰래 울지는 않
으실까. 그렇게 생각하니 다가갈 수가 없었던 것이다. 그러
나 할머니는 여전히 밝게 맞아주셨다.

"요구르트 먹을래?"

할머니는 그대로의 모습으로 우리를 반기셨다. 높은 냉동실
에 손이 닿지 않아 낑낑거리던 1학년 시절과 달리 이제 6학
년이 돼버린 나는 너무나도 쉽게 요구르트를 집었다. 할머니
는 자라난 내 키만큼이나 시간도 흘러버렸겠다고 생각하셨
을까. 코딱지만 했던 게 엊그제 같은데 벌써 숙녀가 다 됐네.

호호, 웃으셨다.

그리고 그 구멍가게는 할아버지가 돌아가시고 얼마 지나지 않아, 결국 문을 닫고 말았다.

구멍가게가 언제나 그 자리에 있었다면 얼마나 좋았을까, 생각했던 적이 있었다. 나의 이기심일 테지만 그래도 간직하고 싶은 마음은 어쩔 수가 없다. 사라지는 것은 슬프다. 마음속 한구석에 자리하고 있는 것처럼, 언제나 그 자리 그대로 있어 주길 바랐다.

불량 식품도, 얼린 요구르트 하나에 깔깔거리며 웃던 시절도 이제 추억 속에 잠겨 있지만, 다시 그날을 떠올리면 어젯밤 꾼 꿈처럼 생생하다. 따뜻했던 구멍가게의 나날들. 두 팔로 작은 나를 안아주셨던 노부부, 그날의 행복한 풍경.

청명했던 그날의 하늘만큼이나, 포근하고 부드러웠던 노부부의 마음이 봄날에 이르러 더욱 진해져 간다.

백색의 시절

요즘은 부쩍 연필을 찾는다.

종이에 심이 뭉그러지는 소리가 좋고 살결에 번진 뿌연 안개 같은 글씨가 좋기 때문이다. 뚜렷하지 않아도, 진하지 않아도 좋다. 연필로 쓴 글 안에 감성이 녹아 있는 것 같아서 나는 좋다.

바늘과 실이 붙어 다니는 것처럼 연필에게는 늘 따라다니는 단짝이 있다. 바로 하얀 마음을 가진 지우개다.

내 가방 속에는 늘 연필과 지우개가 있다. 혹시 몰라 얇은 공책도 하나 가지고 다닌다. 연필이 주는 감동을 종이에 그려 넣는다. 연필의 소리와 회색빛으로 그려지는 글자는 가끔 지친 내 마음에 위로를 건넨다.

연필로 글씨를 쓰던 어느 날, 어쩌다 나는 책상 위에 있던 지우개를 팔꿈치로 쳐서 떨어뜨리고 말았다. 아무 생각 없이 지우개를 집었다. 그런데 집고 보니, 문득 어린 날 상상의 세계가 떠올랐다.

어린시절 내 주위는 상상력으로 가득찬 세계였다. 책상은 망망대해에 덩그러니 놓여있는 작은 섬. 책상 옆으로 떨어지는 낭떠러지는 깊은 심해라고 생각했다. 지우개가 떨어지면 나는 바닷속에 풍당 빠져야만 했다. 금붕어처럼 두 볼에 공기를 넣고 숨을 참으며 책상 밑으로 들어갔다. 잠수를 하는 것이다. 그럼 내 눈에만 보이는 갖가지 심해 물고기들이 눈앞에 펼쳐졌다. 더듬이가 길게 난 무서운 물고기도 있었고 오색 찬란한 예쁜 물고기도 있었다. 나는 물고기를 신기하게 보면서, 책상 밑에 떨어진 지우개를 구해냈다. 책상 위로 고개를 들 때는 진짜 물 밖에 나오는 것처럼 '푸우!' 소리를 냈다. 그럼 괜히 진짜로 잠수를 해서 지우개를 구해낸 것처럼 기뻤다.

여덟 살 꼬마 시절은, 요즘 숱하게 부리는 열정도 잠잠하던 시절이었다. 글쎄, 그때 그 나이의 시기를 뭐라고 해야 할까. 세상에 대한 욕심도 두려움도 없었던 백색의 시절이라고 해야겠다.

지우개만큼 깨끗하고 새하얘서 세상의 때가 아직 묻지 않은, 나만의 세계를 그려나갈 수 있었던 어린아이. 지우개를 집으려 심해에 뛰어들고, 도랑의 물살에 쓸려가는 개구리 친구를 구하기 위해 위험천만한 모험도 하고, 홍수로 세상이

물에 잠겨 헤엄을 치는 상상도 했었다. 내 어린 시절은 언제나 상상의 세계로 바쁘게 돌아갔다.

위대한 상상을 했던 어린 시절, 그때의 동심은 지우개 하나를 줍는 것으로부터 시작됐다.

지우개를 집은 오늘, 문득 그런 생각이 들었다.

'그때 내가 꿈꾸던 상상의 세계는 다 어디로 가버렸을까?'

지금에야 어린 시절의 생각들이 터무니없다고 느끼겠지만, 그땐 그 세계가 참 중요했었다. 무엇보다도 상상의 세계가 망가지는 것을 용납할 수 없었던, 소소하지만 위대했던 그때의 나의 세상. 지금 내 나이의 마음엔 어떤 세계가 있을까?

살짝 연필심 때가 묻은 지우개를 보며, 오늘 내 마음속 세계가 어떤지 들여다본다.

엄마의 된장찌개

여고를 다니던 시절, 내 입맛을 사로잡던 녀석이 있다. 그 이름으로 말할 것 같으면 바로 고소한 김말이다. 덕분에 'x-세대'라는 작은 문방구점은 이른 아침부터 주인아주머니의 손이 분주했다. 그 근방 소문난 김말이 맛집이었다. 김말이에 간장을 찍어 먹는 맛이란, 쉬는 시간에 전교생들의 낮잠을 사로잡게 했던 신비로운 맛이었다. 나도 그 유혹의 흐름을 따라 3교시가 끝날 무렵이면 부리나케 문방구점으로 달려갔다.

중학교를 졸업하고 타지의 여고로 진학하면서 기숙사 생활을 했다. 엄마에겐 죄송하지만 그땐 사실 집밥이 애타게 그립지는 않았다. 급식으로 나오는 밥은 내 입맛에 꼭 맞았고 쉬는 시간이면 바삭한 김말이로 뱃속에 기름칠을 할 수 있었기 때문이다.

그러니 집밥이 그립다는 말은 그저 TV 드라마에서나 나올 법한 대사였다. 내 주변, 그 누구도 '집밥이 그립다'는 말을 하지 않았으니까. 우린 그저 달콤한 초콜릿과 군것질 거리에 사로잡혀 있었다. 밤이면 코 묻은 돈을 모아 치킨과 피자를 시켜먹으며 우정을 돈독하게 쌓기도 했다. 그저 그것만으로도 행복하고 즐겁던 시절이었다.

 내가 본격적으로 자취를 시작한 것은 취업을 한 이후이다. 그때 짧게 방송작가 막내 일을 했는데 방송 일이 다 그렇듯 끼니 챙겨 먹기가 쉽지 않았다. 아침은 잠자기 바빴고 점심, 저녁도 대충 때우기 일쑤였다. 자취의 세계는 기숙사처럼 꼬박꼬박 밥이 나오는 급식의 체계가 아니었다. 심지어 점심은 직접 도시락을 싸들고 출근해야 했는데, 그때마다 나의 처참한 요리 실력에 좌절했다. 더 가슴 아픈 것은 소시지같은 반찬을 해가도 맛이 없다는 것이었다.
 어렸을 때 나는 엄마의 오이소박이와 된장찌개와 부추김치를 그렇게도 질려했다. 된장찌개가 나오면 또 된장찌개냐며 투정을 부렸다. 그래서 계란말이나 계란프라이, 비엔나소시지를 그렇게도 찾았다. 그게 없는 날에는 밥을 배불리 먹은 것 같지도 않았더랬다.
 그런데 자취를 시작하고 나서부터는 내 손으로 직접 부쳐놓은 소시지보다 엄마가 담가준 김치에 더 손이 가기 시작했다. 엄마의 음식이 그리웠던 걸까. 엄마가 싸 준 된장으로 찌개를 끓여도 엄마의 그 맛은 도저히 나오지 않았다. 아무리 흉내 내도 엄마의 된장찌개를 닮을 순 없었다. 식당을 가서 된장찌개를, 김치찌개를 시켜 먹어도 엄마가 해준 것만큼 맛있지 않았다. 늘 부족한 이 퍼센트.

 자취를 시작한 처음 몇 달은 인스턴트 음식으로 대충 때우며 지냈다. 저녁 걱정이 별로 없었다는 말이다. 시내를 둘러보면 늘 맛있는 음식이 천지였고 메뉴를 고르기만 하면 됐다. 하지만 언젠가부터 그렇게 사 먹는 음식들이 부담스러워졌고, 나중에는 팔을 걷어붙이고 직접 요리를 해보자라고 생각했다. 이것저것 레시피 따라 만들고 요리를 하다 보니 처음보다는 조금 나아졌다. 하지만 뭐랄까. 여전히 내 음식에는 영혼이 없었다. 그저 한 끼 때우기 위한 요리는 엄마가 나를 위해 정성껏 끓인 된장찌개의 맛을 이길 수가 없었다.

 왜 똑같은 된장찌개인데 내 된장찌개만 맛이 없을까, 생각했다.

 긴 세월 된장찌개를 끓여 온 엄마와 짧은 기간 된장찌개를 끓이는 내 스킬의 차이는 분명히 존재한다. 그러나 그런 것과는 별개로 뭔가, 엄마의 된장찌개가 더 맛있었다.

 마음이 담긴 요리. 엄마의 요리는 어쩌면 사랑이 아닐까.

 이제 나는 TV 드라마에서나 할법한 대사를 이해할 수 있을 것 같다. 집밥이 그립다는 것. 어린 고등학교 시절에는 이해하지 못했던 그 대사를. 어떻게 생각해보면 나는 그간 나에게 정성과 사랑을 쏟았던 엄마의 요리를 몰라본 게 아니었을까. 엄마의 사랑은 말로 '사랑한다, 내 딸'이라고 말하지 않아도 알 수 있었다. 엄마의 음식, 그것은 사랑이었다.

요즘도 가끔 시골 부모님 댁에 내려가면 엄마는 상다리가 휘어지도록 음식을 만들어 내신다. 잡채며, 내가 좋아하는 된장찌개며, 어릴 적 싫어했던 부추김치도 있다. 하지만 지금은 정말이지, 그 모든 것들이 맛있다. 비엔나소시지는 안녕! 엄마의 사랑을 느끼기에, 자작한 된장찌개로도 충분하다.

엄마의 부엌

집에서 엄마는 부엌이란 제국 위에 군림하는 마법사다. 양식이면 양식, 한식이면 한식 척척 해내는 것은 물론이고, 부족한 재료로도 거뜬히 맛있는 음식을 만들어 내는 베테랑 요리사. 정리도 척척, 조미료는 찬장에 깔끔하게 정리돼 있었고, 냉장고에는 365일 마를 날 없는 밑반찬들의 물결로 파도를 이루었다. 엄마의 손을 거치면 간이 안맞는 음식도 다시 재탄생되곤 했다.

설이나 추석 때 엄마의 요리 실력은 진가를 발휘했다. 특히나 차례상에 넣어서는 안 되는 음식을 너무나 잘 알고 계셨다. 어떤 것을 넣을라 치면 엄마는 손사래를 치며 '그건 쓰면 안 되는 거야' 라며, 사전에 차례상의 품격을 지키셨다.

그렇게 보면 참 신기했다. 오래전부터 지켜온 부엌이라지만, 정말 엄마는 마법사 같았다. 부엌에 관해선 모르는 것이 없는 척척박사 같기도 했다.

명절. 엄마는 그날도 어김없이 부엌에 계셨다. 나도 엄마를 따라 여느 명절과 다를 바 없이 부엌 한 편에 앉아 전을 지졌다.

솔직히 말하면 설에 일을 쉬는 것은 좋았다. 마치 방학한 기분이라고나 할까. 하지만 차례음식 준비만큼은 하기 싫었다. 일단 푹 늦잠을 자고 싶은 마음과는 달리 새벽에 눈을 떠야 한다는 점이 곤욕스러웠고, 몇 시간을 커다란 프라이팬 앞에 앉아 걸쭉한 반죽을 두고 씨름을 하는 것도 힘겨웠고, 방 안에서 깔깔거리며 게임을 하고 있는 동생 녀석도 왠지 얄미웠다. 그래, 이 모든 일련의 과정들이 난 괴로웠다. 하기 싫은 일이니 쉽게 지쳐갔다.

"전 다 부쳤어요."

얼마나 전을 부쳤을까. 나는 기름이 묻은 손을 행주에 슥슥 닦으며 말했다. 얼굴은 오만상, 입에선 한숨이 연신 쏟아져 나왔다.

"그래, 뒷정리만 하고 들어가 쉬어라."

엄마는 내가 지진 전의 상태를 훑어보시더니 고개를 끄덕이셨다. 아! 기름이 너무 많아. 빨리 손 씻고 들어가서 한숨 늘어지게 자야지! 내 머릿속엔 온통 잘 생각뿐이었다. 손을 씻기 위해 싱크대 앞에 잠깐 서있던 그때, 나는 무심코 엄마의 뒷모습을 보았다.

비죽비죽 튀어나온 옆구리살,

염색 물이 채 닿지 않은 하얀 뒷머리,

헐렁한 바지.

 싱크대 앞을 굳건하게 지키시던 엄마는, 내 기억 속 엄마는 늘 커다란 어른이었다. 그러나 오래간만에 본 엄마는 너무도 작아 있었다.

 "엄마, 할 게 그렇게 많아?"

 아무렇지 않은 척 엄마에게 물었다. 엄마는 얼마나 바쁜지, 내 얼굴은 보지도 않으시고 대답하셨다.

 "나물도 해야 하고. 뭇국도 끓여야 하고. 할 게 태산이야."

 엄마가 작은 과도를 쥐었다. 나물을 다듬는 것이겠거니 했는데, 내 예상과는 달리 엄마는 밤을 들었다. 밤도 꽤나 많았다. 나는 아무렇지 않은 척, 엄마를 따라 싱크대에서 작은 과도를 꺼냈다.

 "넌 이제 잠이나 자지, 왜?"

 엄마가 물었지만, 나는 밤을 들었다.

 "어떻게 자요. 부엌에서 왔다 갔다 하는데."

 덤덤하게 대답하곤 밤에 칼을 댔지만, 나는 어떻게 해야 할 줄 몰라 쩔쩔맸다. 사과 깎듯이 깎으면 되나, 싶어 칼을 안쪽으로 잡았다. 그걸 본 엄마가 내가 든 생밤을 뺏었다.

 "으이그, 할 줄도 모르면서. 자, 봐!"

 엄마가 칼날을 앞으로 하고 밤 껍데기를 바깥쪽으로 벗겨냈

다. 잘못하단 손이 베일 것 같았지만, 엄마의 밤 치는 솜씨가
능숙해 말없이 쳐다보았다.

"이렇게 하는 거다, 이렇게."

어느새 밤은 갈색 옷을 벗고 뽀얗고, 뽀송뽀송한 속살을 비
치고 있었다. 신기하기도 하고, 어색하기도 해서 나는 한참
말끔해진 밤을 보았다.

"옛날에 밤 치기는 남자들이 했다. 남자들이 밤을 칠 동안,
여자들은 안에서 음식을 했지. 그런데 이제는 밤 치기도 엄
마가 한다."

밤을 치기 시작하자, 엄마가 덤덤하게 말문을 텄다.

옛날에는 남자가 하는 일, 여자가 하는 일이 구분되어 있었
다. 아빠는 바깥일, 엄마는 집안일. 그것은 내가 태어나기 훨
씬 이전부터 정해진 규칙처럼 돼있었다. 덕분에 시골 마을에
사람이 많던 시절에, 아빠는 밖에서 윷을 두셨다. 어린 나와
동생들은 삼촌과 아저씨들 틈바구니에서 아빠를 응원하기에
바빴었다. 그때 엄마는 무얼 하고 계셨을까. 아마 이 널찍한
부엌을 혼자 지키고 계셨을 것이었다.

할머니를 모시면서 고된 시집살이를 하셨던 엄마. 고향을
떠나 연고가 전혀 없는 다른 지역에서 살며 외로우셨던 엄
마. 눈물로 지새운 밤들이 많았던 엄마. 음식을 준비하는 엄
마의 손에 지난 세월들이 보였다.

엄마는 명절이면 숱한 세월을 부엌에서 보내셨다. 할머니의
저녁상을 준비할 때도, 우리의 간식을 만들어 주실 때도 엄

마는 부엌에 계셨다. 수시로 부엌을 드나드셨지만, 집안의 음식을 혼자 준비하시면서도 힘들다는 내색 한 번 내지 않으셨다. 왜 나는 몰랐을까. 어린 우리는 입에 전을 물고, 산적 꼬치를 뜯으면서 왜 부엌 한 편에 쭈그려 앉은 엄마의 어깨를 주물러 드릴 생각은 하지 못했을까. 그런 생각이 들자, 일이 고되다고 핑계를 대고 침대에 벌렁 드러누워왔던 내가 부끄러워졌다.

그래서 가슴이 울컥했다. 내가 좀 더 성숙한 사람이었더라면, 나이가 좀 더 많은 어른이었더라면. 덤덤한 목소리로 말하는 엄마의 과거를 좀 더 빨리 지켜줄 수 있었을까.

"엄마, 오래오래 살아요."

밤을 치다 말고 엄마를 보았다.

"애가 갑자기 왜 이래?"

"아니 그냥. 오래오래 같이 살자고."

속마음을 들켜버린 아이처럼 멋쩍게 웃었다.

어릴 적 엄마의 바지자락을 잡고 이거사달라 저거사달라 떼쓰던 시절이 있었다. 그땐 참 엄마가 큰 거인같이 느껴졌었다. 언제 어디서든 날 지켜줄 것 같은 원더우먼. 못하는 게 없는 만능박사.

예나 지금이나 엄마의 만능박사 포스는 여전했다. 엄마는 내가 할 수 없는 숱한 것들을 하셨으니까. 요리, 정리정돈, 집안일. 자취 한지 몇 년 되지 않은 나와 비교하면 난 새발의 피에도 낄 수 없었으니까. 토마토 화분을 하나 키워도 반드시 열매를 맺게 하셨던 엄마의 꼼꼼함과 성실함은 도무지 따라갈 수 없는 것이었다. 달리기를 하다 넘어져서 무릎에 생채기가 나도, 어떻게 하면 흉이 지지 않을 수 있을까 꼼꼼하게 약을 발라주는 모습은 또 나만의 의사 선생님이었다.

꼬꼬마였던 난, 척척 해내는 엄마의 모습이 너무도 거대하고 대단하게 느꼈다. 나는 싱크대 앞에 서 계시던 엄마의 뒷모습을 또다시 떠올렸다.

비죽비죽 튀어나온 옆구리살,
염색 물이 채 닿지 않은 하얀 뒷머리,
헐렁한 바지.

언제까지나 몸 건강히, 상한 곳 없이 척척 해내실 것만 같았던 엄마였는데.

엄마의 인생은 부엌에 담겨있다.

요즘도 엄마는 부엌에서 어떻게 하면 맛있는 음식을 할까, 어떻게 하면 가족들의 건강을 챙길 수 있을까 생각하신다. 부엌은 엄마의 사랑을 품은 또 다른 장소. 또는 눈물과 삶의 애환이 섞인 애증의 공간이기도 하다.

설. 그날 나는 엄마의 인생에 있었다.

엄마의 립스틱

내가 어릴 적부터 엄마는 화장을 하지 않으셨다.

엄만 왜 화장 안 해? 물으면, 엄마는 늘 밭일을 해야 한다고 하셨다. 화장할 시간이 어디 있냐고, 먹고살기도 바쁘다고. 흰 수건을 목에 둘렀다가 이마에 맺힌 땀을 닦고, 팔토시를 벗어 종아리에 묻은 마른 흙을 털어내는 날들이 많았다. 노을이 지는 저녁이면 우리들 배곯을까, 부랴부랴 냄비에 물부터 올리던 엄마. 엄마는 내 기억 속 한편에 언제나 땀냄새 그득 자리 잡고 있었다.

그러나 엄마가 늘 맨얼굴로 있지 만은 않았다. 어떤 날에 엄마는 화장을 했다. 내가 초등학교 입학할 때, 졸업할 때. 중학교 입학할 때, 졸업할 때. 혹은 상을 받을 때. 엄마가 예쁘게 단장할 때는, 늘 내 인생의 특별한 순간이었다. 엄마는 검은 몸통에 빨간색을 숨기고 있는 립스틱을 하나 가지고 있었다. 입술에 짙게 발랐다가, 휴지로 살짝 훔쳐내셨다. 눈 화장은 하지 않았다. 엄마는 립스틱만 발라도 예뻤다.

"엄마, 평소에도 이렇게 화장해."

"어떻게 매번 한데, 번거로워서."

직장에 들어가 부모님께 용돈을 드릴 수 있게 되었을 때, 나는 엄마에게 특별한 선물을 드리고 싶었다. 뭐가 좋을까, 요즘 주름 예방 크림도 잘 나온다던데. 화장품 가게 이곳저곳을 둘러보았다. 한방이 들어간 제품이 눈에 띄었다. 아무거나 싼 것 사다가 바르는 게 편하다고 말했던 엄마에게, 기초화장품 세트를 선물했다. 하지만 집에 내려가 엄마의 화장대를 보면, 내가 드린 화장품의 양은 줄지 않은 채, 늘 그대로였다. 엄마, 다 떨어지면 또 사 줄게, 펑펑 써, 응? 그렇게 말씀드려도 당신은 늘 콩알만큼 덜어 아껴 바르셨다. 그게 괜히 애잔하고 시큰해서, 더 많이 안겨드리고 싶어졌다. 엄마는 늘 그랬다.

"엄마, 이거 옷 따뜻하대. 쌀쌀하니까 입어."

"와, 이거 예쁘다! 희영아, 네가 입어 봐라. 엄마는 됐어."

"이런 거 내집 옷장에 한가득이야. 나는 없으면 새로 사 입지만, 엄마는 안 사 입잖아."

"아니야! 나도 얼마나 따뜻한 게 많은데. 괜찮다. 너 입어라."

엄마는 늘 괜찮다고만 했다.

늘 괜찮다고만 해서, 필요한 것이 없다고 해서, 나는 그런 줄로만 알았다.

 그 날은 오랜만에 집에 간 날이었다. 주머니에 넣고 다니던 립스틱을 책상 위에 올려두고, 코트를 벗어 걸어두었다. 엄마가 맛있는 아귀찜을 해두었다고 했다. 화장실로 가서 클렌징 오일로 화장을 녹이고, 비누 거품을 내서 얼굴을 닦았다. 수건으로 뺨을 두들겨 닦으면서 방에 들어섰다. 엄마가 책상 앞에 서 립스틱을 만지고 있었다. 뚜껑을 열어 색을 보시고, 빤히 립스틱 색깔을 보다가 발라보지 않고 그대로 두셨다. 나는 얼굴에 로션을 바르며 엄마 옆에 섰다.

 "엄마, 이거 색깔 예쁘지?"

 립스틱 뚜껑을 열고, 립스틱을 밀어 올렸다. 엄마가 먼저, 됐다고 말씀했다. 나는 엄마의 손목을 잡고, 입술에 립스틱을 댔다. 그날 나는 처음으로 엄마 입술에 립스틱을 발라 드렸다. 엄마는 "됐다, 늙어서 무슨 립스틱" 하고 말씀했지만, "나는 괜찮아, 엄마. 엄마 여전히 고와." 하고 말했다. 그 말을 하고 엄마의 얼굴을 보는데, 내가 어릴 적 엄마가 떠올랐다. 화장대 앞에 앉아, 립스틱을 바르던 엄마의 모습이.

 "엄마! 진짜 예쁘다! 엄마 이거 발라라."

 엄마는 고개를 이리저리 움직이며 거울 속 모습을 보았다.

 "이거 정말 가져도 돼?"

 그때야 나는, 엄마도 여자라는 사실을 떠올렸다.

 나는 늘 엄마가, 엄마인 줄 알았다. 남자도, 여자도 아닌 다른 존재. 그 날, 거울을 보시면서 윗입술과 아랫입술을 맞닿아 비비는 엄마를 보고, 애틋하면서도 생경한 마음이 들었다. 언젠가 본 적이 있었는데, 너무 오랜만이라.

원래 나는 립스틱을 한 가지만 바르고 다닌다. 그런데 그날은 엄마에게 거짓말을 했다.

"엄마, 나 립스틱 진짜 많아, 막 충동적으로 사게 되거든, 색깔이 예뻐서."

그렇게 엄마 손에 립스틱을 쥐어 드렸다. 엄마는 눈이 크고 예뻐서, 립스틱만 발라도 아름다웠다. 엄마가 언제나, 아름답게 가꾸며 지냈으면 좋겠다. 이제 자식들도 다 컸으니까. 이제는 우리의 특별한 날을 위해 화장하지 말고, 당신의 특별한 날을 위해 화장했으면 좋겠다.

아빠와 자전거

여기, 어딘가 불안한 소녀와 아저씨가 있다.

"절대, 놓지 마! 절대, 놓, 놓지 말라고 했다!"

두 발 자전거에 몸을 실은 작은 소녀가 다급하게 외쳤고, 그
뒤에선 얼굴이 땀범벅된 한 아저씨가 침착하게 자전거를 붙
잡고 있다.

"아 글쎄, 안 놓는데도! 아빠 믿지?"

아빠라는 남자는 딸에게 믿음을 주기 위해 안간힘을 썼지만
어쩐지 딸은 아빠를 못 믿는 눈치다. 아빠는 뒷 안장을 있는
힘껏 잡으면서 겁먹은 딸을 위해 목이 터져라 외치고 있다.
아빠 믿어, 아빠 믿지?

"아 정말, 아까도 믿으라고 해놓고선, 놔버렸잖아!"

핸들은 비틀비틀. 허벅지엔 힘이 잔뜩 들어갔다. 제 마음대
로 운전하기 힘든 걸 괜히 애꿎은 아빠 탓을 하며 성을 내는

딸. 아빠는 그럼에도 침착하게 딸에게 말한다.

"아빠를 믿어. 뒤에 아빠 있어, 잡고 있어."

어딘가 불안한 모습의 부녀, 바로 아빠와 나의 모습이다.

자전거를 처음 배운 건 7살 때였다. 초등학교와 집의 거리가 버스를 타기엔 가깝고, 걸어다니기엔 조금 먼, 애매한 거리였다. 1년 뒤, 8살이 되고 초등학교에 입학할 것이다. 난 생처음 학교에 간다는 것에 학수고대하며 잠 못 이루는 밤들을 보냈다. 엄마가 사준 새 책가방을 꼭 안으며 부푼 꿈을 그리고 있던 때, 아빠가 무릎을 딱 쳤다.

"자전거를 배우자!"

그 말과 함께 아빠는 홀연히 집을 나섰더랬다.

아빠가 다시 돌아왔을 때 흰색 자전거와 함께였다. 앞에는 작은 바구니가 달려 있었는데, 거기에 책가방을 실으면 좋겠다고, 아빠는 말했다. 나는 새 물건이라는 것에, 그리고 아빠와 함께 놀 수 있다는 것에 마냥 기뻐 박수를 쳤다. 하지만 그것이 험난한 배움의 서막이라는 것을 나는 미처 알지 못했다.

자전거 타기 연습도 마당에서 이뤄졌다. 그다음은 집 근처 바닷가 공원에서, 때때론 논 옆 시멘트 길에서 이루어졌다. 처음에는 아예 자전거 위에 올라타지도 못했다. 아빠는 계속 나를 받쳐준다고 했지만 왜인지 아빠를 계속 믿지 못했다. 핸들이 틀어진 자전거는 계속해서 옆으로 고꾸라졌고, 나도 비틀거리고 넘어졌다. 뭐, 이런 걸 자꾸만 가르친다고! 그럴 때마다 원망을 가득 담아선 아빠를 쳐다봤다. 아빠는 껄껄 웃으셨다.

"일어나라, 이까짓 거 배워버려야지."

그 말에 나는 또 벌떡 일어났다. 정말이지 분해서라도 반드시 타고야 말리라. 자꾸만 넘어지는 통에 피도 여러 번 봤다. 무릎도 많이 깨지고, 울기도 참 많이 울었다.

아빠는 내가 꾸준히 자전거를 타길 바라셨다. 중심을 잘 잡지 못하는 날 위해 자전거 뒤축에 보조바퀴까지 달아주셨다. 하지만 나중에는 그 바퀴가 무척 거추장스럽게 느껴졌다. 마치 아이 취급 받는 것 같은 것도 있었지만,(그 당시 나는 아이 같다는 말을 듣기 싫어했다), 이랬다간 빨리 두 발 자전거를 탈 수 없을 것 같았기 때문도 있었다. 나도 아빠처럼 능숙하게 자전거를 타고 싶었다. 마음만 급한 내게 아빠는 늘 말씀하셨다.

"조급하게 생각하지 마. 천천히, 꾸준히 타다 보면 어느새 익숙해져 있을 테니까."

자전거 타고 학교를 오가던 시절. 지금에야 능숙하게 자전거를 탄다지만, 가끔 나는 그 시절 자전거 하나에 속상해했던 때를 떠올려본다. 나는 늘 조급한 소녀였고, 아빠는 샐쭉해진 나를 달래 주는 차분한 어른이었다.

~~

 지금도 그때와 비슷한 것 같다.

 첫 사회생활로 힘겨워 가슴앓이를 한 적이 있었다. 어떤 일이던 막막하게만 느껴졌고, 사회에 던져져 늘 불안에 떨고 있었다. 부모님께 섣불리 힘들다는 말도 못했다. 집으로 돌아와 조용히 눈물을 훔쳐내고, 다음날 또다시 집을 나섰다. 어쩌면 아빠는 알고 있었을지도 모른다. 아침마다 빨갛게 부어있는 눈. 아침을 먹고 가라고 말씀하시는 엄마 말을 거절 못해 식탁에 앉으면, 어쩐지 아빠는 아무 말도 하지 않으셨다. 묵묵히 식사를 했고, 말없이 자리에서 일어나곤 하셨다.

 그 날도 퇴근을 하고 집으로 돌아왔다. 신발을 벗고 현관에 들어서는데, 아빠가 갑자기 할 말이 있다고 하셨다. 나는 아빠를 따라 안방으로 들어갔다.

 "많이 힘들지?"

 네 맘 다 안다, 다 알고 있다. 아빠는 가만히 내 손을 잡으셨다. 순간 나는 눈물이 쏟아질 것만 같았다. 아빠의 그 손이 따뜻해서도, 내 손을 잡아줘서도 아니라 세월에 짓이겨진 아빠의 손 때문이다. 핏줄이 울퉁불퉁 솟아있고, 손등이 푸석푸석했다. 바깥일을 하셔서 그런지 손도 전보다 더 새까맣게 그을려 있었다.

 어릴 적, 아빠가 자전거 안장을 붙잡아 줬던 손은 이렇지 않았는데. 내가 아빠를 고생시킨 것 같았다. 죄송한 마음과 먹먹한 마음이 섞여 들어왔다.

어쩌면 아빠는 내 인생을 가장 잘 알고 있는 어른일지도 모른다. 또 어쩌면 그 누구보다도 인생에 대해 가장 잘 말해줄, 아빠는 내게 그런 어른이다. 자전거 하나에 속상해하며 눈물 짓던 날 보며 당신은 지금의 내 모습을 떠올렸을까. 어리숙하고 소심한 어른이 된 나를, 아빠는 어쩌면 내가 이렇게 눈물지으리란 걸 알고 계셨을지도 모른다.

"조급하게 생각하지 마라. 천천히, 꾸준히 하다 보면 언젠가 익숙해져 있을 거야."

그 말에 긴장과 부담이 사르르 녹아내렸다.

"고마워요, 아빠."

들썩이는 내 어깨에 가만히 손을 얹는 아빠. 아침, 그 식탁처럼 또 말없이, 그렇게 가만히 내 어깨를 토닥여 주셨다.

자전거처럼 천천히, 꾸준히 타다 보면 삶의 힘듦도 조금은 견딜 수 있는 것. 인생이 그렇다.

네가 내 이름을 불러 주었을 때

어렸을 땐, 참 별명도 많았다.

흰둥이도 있었고, 희동이도 있었고, 방송 돼지도 있었고. 뭐, 별명을 꼽자면 정말 셀 수도 없이 많다. 특히 희동이라는 별명은 지금까지 친구들의 입에 오르내리며 무수한 사랑을 받고 있다. 덕분에 내 이름 석 자 '김희영'을 들어본 지가 너무도 오래되었다.

별명이 처음 탄생되던 날, 초등학교 때 내 별명은 흰둥이었다.

뭐랄까. 사실, '희동이'보다 '흰둥이'라는 별명이 더 마음에 든 것은, 그 별명이 만화 '짱구는 못 말려'에 나오는 귀염둥이 강아지 이름이었기 때문이다. 어릴 적부터 키가 멀쑥하게 커서 귀엽다는 소리보단 키가 크다, 숙녀 같다는 소리를 더 많이 들었기 때문에 귀여움의 상징인 '흰둥이'라는 별명으로 불릴 때면 괜스레 기분이 좋았다.

고등학교를 간 후에는, '흰둥이'라는 별명에서 '희동이'라고 불리기 시작했다. 이것은 순전히 내 이름에서 비롯된 별명이었다. 그래도 기분 나쁘지 않았다. 별명으로 불리는 것이 참 좋았다. 뭔가 친구들과 더 가까워진 기분이 들었기 때문이다.

별명으로 불리며 보내던 어느 날. 대학교 3학년 즈음, 내게도 좋아하는 사람이 생겼다.

문자보다 전화가 좋아서, 핸드폰을 붙들고 밤새 통화를 했다. 고요하고 잠잠한 주변에, 핸드폰 너머로 들리는 좋아하는 이의 목소리는 그렇게 달콤할 수가 없었다. 나는 콩닥콩닥 뛰는 가슴으로, 온 신경을 전화기 속 멋진 그 사람에게 오롯이 쏟았다. 늘 그렇듯 서로가 정해 놓은 애칭을 부르며, 방 천장은 이미 어둠이 아닌 핑크빛 물결로 도배가 되었다.

호호거리며 불 꺼진 방 안에서 설렘을 내뱉던 순간, 나는 그의 한 마디에 온몸이 얼어붙고 말았다.

"희영아."

따뜻한 목소리로 부르는, 전화기 너머로 들려온 내 이름.

난 거기서 대답 한 마디 제대로 내뱉지 못했다. 심장이 주체할 수 없을 만큼 뛰어서, 전화기 너머 그 사람에게 전해질 것

만 같았다. 내가 대답하지 않자, 그 사람은 또 넌지시 말을
건넸다.

"자?"

"음, 아니. 아직."

그 밤, 나는 아직도 그 통화를 잊지 못한다.

~~~

누군가에게 이름으로 불린다는 것,
어찌 보면 너무도 당연한 일일 테지만 왠지 내게는 굉장히
가슴 떨리는 일이다. 생각해보면 학생, 아가씨, 희동아, 로
불린 적은 있었지만, 내 이름 오롯이 '희영'으로 불린 일은
드물었을 테니까.

어둑한 밤에 나긋하고 따뜻한 목소리, 그 목소리는 아늑한
호롱불처럼 내게 다가왔다. 차분하고 부드러운 목소리로 이
름을 읊어준 사람.

평소보다 더 신중하고, 진지한 마음으로 나를 찾는 것만 같
아서 오묘한 기분이 들었다.

시간은 흐르고,

우리는 옛 시간에 머물러 있지 못한다.

늘 기록해야 하고, 기억해야 한다.

말년의 내가 시간여행을 떠날 수 있는

유일한 수단이 된다.

그 순간 최선을 다했던 사람은 나였다

1판 1쇄 발행 (초 판) 2018년 12월 14일
2판 4쇄 발행   2020년 8월 4일
3판 1쇄 발행 (개정판) 2024년 6월 24일

지은이 | 김희영
펴낸곳 | 문학공방
출판등록 | 2018년 11월 28일 제25100-2018-000026호

ISBN 979-11-965578-5-0(03800)

* 이 도서의 국립중앙도서관 출판예정도서목록(CIP)은 서지정보유통지원시스템 홈페이지(http://seoji.nl.go.kr)와 국가자료종합목록시스템(http://www.nl.go.kr/kolisnet)에서 이용하실 수 있습니다. (CIP제어번호 : CIP2018039722)